KB033944

작가의 고유의 글맛을 살리기 위해
한글 맞춤법에 맞지 않는 일부 표현을 수정하지 않았습니다

물들면

이 책에 수록된 모든 그림은
판매가 가능합니다.
원화 구입 문의 : anna_su@naver.com

물 들 면

방수진
그림에세이

생각의빛

Prologue

미대를 졸업했다. 이 사실을 상대방이 알면 나에게 던지는 질문, "그림을 잘 그리겠네요." 나는 '잘'이라는 부사를 바라지 않는다. 차라리 '그림을 그리겠네요.'라는 직접적인 표현이 마음에 든다. '완벽하게', '훌륭하게', '능숙하게'를 뜻하는 '잘'은 나와는 조금 다르게 느껴진다.

학창 시절에는 종종 "그림을 잘 그리는구나."라고 칭찬받았다. 칭찬은 내 안의 인정 욕구를 자극했다. 더 칭찬받고 싶었다. 수업 중에도 노트에 그림을 그렸다. 이전보다 잘 그려야 칭찬받을 수 있었기에 노력하고 또 노력했다. 그렇게 국·영·수와는 점점 멀어졌고 미술과 가까워졌다. 그림 그릴 기회가 많아졌고 결국 미대에 들어갔다.

미대에는 나보다 그림을 잘 그리는 사람이 많았다. 나는 며칠 밤을 새워 작품을 완성했지만, 친구들은 몇 시간 만에 뛰어난 작품을 만들어냈다. 심지어 그 작품은 공모전에서 대상을 받기도 했다. 창의력이 넘치는 그들 사이에서 나의 자존감은 무색해져 갔다. 그림 그리는 기회와 남에게 인정받는 기회는 점점 줄어들었다. 그런 상황에서 남들이 "그림을 잘 그리겠다."라고 말하면 묘하게 불편했다. 나도 그들에게 대놓고 말하고 싶었다. "심리학과에 다니니 너는 인간의 심리를 잘 알겠네. 신문방송학과라서 너는 커뮤니케이션을 잘하겠네."

20대 때는 '재능 없는' 사람이라는 태그를 붙이며 살았고, 30대에는 '세 아이의 엄마'라는 태그로 삶을 이어갔다. 40대에는 아버지의 유언 때문에 그림을 다시 그리게 되었다. 그리고 지난 시절과 지금의 차이점을 한 문장으로 표현하자면 '나는 이제 나를 인정하게 되었다.'가 되겠다. 더는 다른 사람의 인정에 목말라하지 않는다.

붓을 놓았던 사람이 다시 붓을 들기 위해서는 생각과 행동의 변화가 필요했다. 녹슬어버린 마음을 깨우기 위해 몸을 먼저 움직였다. 기존에 했던 명상, 미지근한 물 마시기, 스트레칭, 걷기 외에 달리기, 샐러드 먹기, 모닝페이지 작성, 책 읽기 등의 습관을 다시 만들었다.

새로운 습관을 만들기 위해서는 먼저 자신을 이해해야 했다. 무엇을 좋아하고 원하는지, 어떤 것을 하면 안 되고 끊어야 하는지 등을 파악하기 위해 자기성찰의 시간을 가졌다. 이런 성찰을 바탕으로 작은 목표를 세웠다. 예를 들어 하루 한 페이지의 책 읽기, 하루 한 줄 감사일기 쓰기 등과 같은 작은 목표였다. 학창 시절에 방학 계획표도 겨우 작성했던 사람이 매일 나만의 시간표를 만들어 실천하기 시작했다. 습관이 몸에 자연스럽게 스며들기를 소원하며.

습관이 자연스레 몸에 익을 때, 난이도를 조금씩 끌어올렸다. 나의 삶에는 에스컬레이터가 없다. 오직 한 단계씩 천천히 올라가는 계단만이 있었다. 천천히 한 계단씩 올라갔고, 올라가다 힘들면 잠깐 쉬기도 했다. 지속적으로 습관을 지켜나가자 내면의 안테나가 타인이 아닌 나 자신에게 맞춰지기 시작했다. 늘 남 눈치를 보며 살아온 나인데, 이제 그럴 필요가 없어진 이유가 궁금했다. 생각 끝에 무릎을 '탁' 쳤다.

아버지의 유언이라는 계기가 있었지만, 결국 나를 움직인 것은 '나'였다. 스스로 선택한 습관을 실천하기 위해 참고 노력했다. 누구의 권유도 아닌 나의 선택이었기 때문에 힘들더라도, 계획했던 습관 중 하나밖에 하지 못했더라도 지속할 수 있었다.

인간은 고쳐 쓰는 것이 아니라는 말이 나에게는 해당하지 않았다. 내가 나를 고쳐 쓰게 되었으니 말이다. 하지만 고쳐도 다시 고장난다. 삐걱거리는 인간이기에 매일 아침 명상을 하며 나를 비운다. 일과 쉼의 관계처럼 비워야만 몸에 스며든 습관에 따라 루틴대로 생활할 수 있다. 습관을 통해 계획한 일을 모두 해냈을 때는 성취감을 맛보았고 계획한 일을 하지 못했을 때는 자책이 아닌 이런 생각을 하게 되었다.

'내일 하면 되지 뭐.'

20대, 30대의 내 모습으로 살아가는 당신에게 전하고 싶은 말이 있다. 나는 비교 의식과 인정욕구에 휩쓸려 있었지만, 꾸준한 습관 덕분에 나 자신을 사랑하게 되었다. 재능 앞에는 '훈련에 의한 능력'이 있음을 기억하라. 그리고 노력의 정의를 재구성하라. '목적을 이루기 위해 몸과 마음을 다해 애를 쓰는 것' 앞에 '자신만의 속도를 살피며'를 더하라. 이 책이 당신의 생각과 마음을 깨우는 데 조금이나마 도움이 될 수 있다면 진심으로 감사한 일이 될 것이다.

Prologue   8

Chapter 1
이처럼 물들고 싶은 날

- 새벽의 루틴   20

- 내일도 유연하게   26

- 슬기로운 걷기 생활   32

- 운동화를 신은 병아리   38

- 가벼움은 맛있다   43

- 나의 미러링   49

- 이처럼 물들고 싶을 때   55

- 고개만 들어도 뿜뿜   59

Chapter 2

모든 순간의 그림

- 내가 특별해지는 순간   66
- 우아함을 선물하고 싶은 거야   71
- 걱정 마 곁에 있으니   76
- 영화를 마시다   82
- 낯설어서 좋은 설렘   88
- 완성을 위한 노력   93
- 나를 지키기 위한 거리   98
- 나누기를 선택했다   104

Chapter 3
나는 행복한 집사입니다

- 함께여서 좋은　　　　　　　　　　112
- 이런 날에도 아아　　　　　　　　　117
- 빵지순례 중입니다　　　　　　　　122
- 일상에 쉼표를 찍을 때　　　　　　126
- 마음을 놓고 하루　　　　　　　　　131
- 밤의 테라스　　　　　　　　　　　136
- 대충 찍고 제대로 인증　　　　　　141
- 나는 행복한 집사입니다　　　　　　147

Chapter 4
그 안에 물들어보세요

- 어쩔 수 없이 일한다고 하지만   154
- 밥벌이를 위한 최소한의 예의   158
- 당신도 그려보세요   163
- 단순함의 비밀   169
- 나 좀 키워줘   173
- 나의 BGM 인정? 인정!   178
- 내년에도 도장깨기   182
- 잡다한 생각은 싫어   188
- 현재야 반가워   194
- 화이트 헤어 지키기   199

Chapter 5

일상의 꽃이 필 때마다

- 음표는 모르지만 음악은 듣습니다   206
- 나 책 읽는 여자야   212
- 오늘 밤도 야금야금   218
- 역주행은 끝나지 않았다   223
- 와인이 필요한 시간   228
- 피로와 욕조 사이   234
- 흔들리지 않는 편안함   239
- Writing me, lighting me   245

Epilogue   250

정답도 없고 오답도 없다.
다른 관점만 있다.

다양한 관점을 이해할 때
당신의 세계가 넓어질 것이다.

Chapter 1

이처럼 물들고 싶은 날

이처럼 물들고 싶은 날, Digital drawing, 17×17cm, 2022

새벽의 루틴

따르릉! 따르릉!

알람 소리가 아침을 깨운다. 늦게까지 그림을 그리느라 새벽에 잤더니 몸이 천근만근이다. 이불 밖으로 나가고 싶지 않다. 하지만 그려야 할 그림이 있고 써야 할 글이 있다. 나무늘보처럼 상체를 천천히 일으킨다. 해야 할 일이 있다는 것, 챙겨야 하는 아이들이 있다는 것은 느림보에게 다행이다. 규칙적인 루틴으로 몸과 마음을 살뜰히 챙기고 있으니 말이다.

몸을 천천히 일으켜 방문을 연다. 주방으로 다가가 투명한 컵을 꺼낸다. 식탁 위에 놓인 미지근한 물을 컵에 따른다. 마른기침이 나오는 날이면 벌꿀 한 스푼을 섞어 마시고, 피곤함을 느낄 때는 레몬

즙을 짜서 넣는다. 건강을 위한 나만의 원칙이다. 건강 습관을 유지하지 않으면 어느새 병이 찾아오는 나이다. 나를 책임지기 위해 습관적으로 사소한 루틴을 반복하고 있다. 나는 믿는다. 작은 습관이 건강한 몸과 마음을 만들어준다는 것을.

마흔이 되기 전에는 건강을 관리하는 것에 관심이 별로 없었다. 그런 나와는 달리 이모는 유난할 정도로 건강에 관심이 많았다. 특히 건강관리 프로그램을 챙겨 보셨는데, 꼼꼼하게 메모까지 하며 보는 분이셨다. 게다가 물어보지도 않은 건강 관련 정보를 나에게 알려주곤 했다. 그때는 이모가 이해되지 않았다. 건강정보에는 큰 관심이 없었지만, 이모가 먹으라고 주는 건강 보조 식품은 어쩔 수 없이 먹었다. 이모에게 건강 보조 식품이나 염소즙, 양파즙 등을 얻어먹을 때면 어김없이 다음날 전화가 왔다.

"어제보다 몸이 한결 가볍지? 덜 피곤하지?"

조카를 사랑하는 이모의 마음을 알기에 대충 얼버무리며 대화를 마무리했다. 이처럼 건강에 무신경했던 내가 달라졌다. 몸을 챙기기 시작한 것이다. 40대가 되어 달라진 것이 아니라 나로 살면서부터 달라졌다. 마흔이 되어서야 '나는 그림 그리는 사람이다. 그림에 담긴 글을 쓰는 것을 좋아한다.'라고 말할 수 있게 되었다. 나를 알게 된 것이다. 앎은 주체적인 삶을 살게 하는 원동력이 되었다.

나에게 베푼 친절, Watercolor on paper, 39.5×39.5cm, 2022

물들면

세 아이를 키우면서 그림을 그리고 글을 쓰기 위해서는 우선 체력이 뒷받침되어야 했다. 몸이 건강하지 않으면 좋아하는 그림을 계속 그릴 수 없고 사랑하는 아이들을 지키기 힘들다. 그림을 그리려면 붓을 잡을 힘이 있어야 하고, 세 아이를 지키기 위해서는 언제든 엄마로서의 자리에 있어야 한다. 나 자신을 바로 세우기 위해 일상 루틴을 시작했다.

그림 그리는 사람, 세 아이의 엄마, 아내, 엄마의 딸로 균형을 맞추기 위해 건강에 좋다는 것을 먹고 적당한 운동을 하며 좋은 습관을 유지하고 있다. 그중 첫 번째 습관은 아침에 일어나 미지근한 물을 마시는 것이다.

이 습관이 건강에 얼마나 효과적인지 묻는다면 자신 있게 대답하기는 힘들다. 일상에서 '나만의 꽃'을 피우기 위한 루틴이 이것만은 아니니까. 하지만 작은 습관들이 모여 나의 삶의 질을 높여주는 것은 분명하다. 작은 습관의 성취는 자신을 긍정하게 한다. 지금의 욕망을 이룰 수 있다는 자신감도 생긴다. 주변 사람이 아닌 오직 나 자신에게만 집중하게 되고 결과로부터 자유로워진다. 다음날 다시 도전하면 되니까.

보이지 않는 욕망과 보이는 결과의 조화가 삶의 질을 높여주고 있다. 보이는 것으로는 취미로 그림을 그리던 사람이 화가가 되었고, 일기를 쓰던 사람이 작가가 되었다. 보이지 않는 것으로는 있는 그대로의 나를 인정하게 되었고, 그런 나를 넘어서기 위해 노력하게 되었다. 이 두 가지의 적당한 조화가 행복하지 않은 순간에도 행복을 느끼게 했다. 행복은 상황에 따라 변하는 것이다.

　루틴은 건강한 몸과 마음을 만들어준다. 유연한 자세로 규칙적으로 생활하면서부터 내가 원하는 삶과 가까워졌다. 미래에 대한 불안감은 줄어들고 삶의 만족도는 높아졌다. 비록 어제는 행복을 느끼지 못했을지라도 오늘은 행복을 느끼고 있다. 행복의 순간을 자주 만나면서 능동적인 삶을 살게 되었다. 일상 루틴을 유지하는 것은 나에게 꼭 필요하다. 나를 행복하게 하는 사람은 '나' 자신뿐이니까.

새벽의 향기, Oil on paper, 14.8×20cm, 2024

내일도 유연하게

한없이 치솟는 부동산 가격, 파란색이 가득한 주식 그래프, 월급은 같은데 어제보다 오른 물가를 감당하려면 정신 수양이 필요했다. 정신 수양이라고 하니 뭔가 도를 갈고닦아야 하는 것 같지만, 내가 추구하는 방향은 도인이 아니다. 단지 나만의 '유연한 개똥철학'에 입각해 말과 행동을 심플하게 하며 살고 싶을 뿐이다.

말과 행동뿐 아니라 살림살이도 심플한 것이 좋다. 우리 집은 계절마다 버리는 옷과 가구들이 있다. 계절마다 버리는데도 또 버릴 것이 있다는 사실은 미니멀리즘을 추구하게 한다. 물건을 적게 소유하고 일 몇 가지에 집중하는 것은 넉넉한 공간, 시간, 자유를 가져다주었다. 심플한 공간은 시각적인 만족과 함께 일할 맛이 나게 했다. 중요한 일 몇 가지에만 집중하자 이전보다 만족스러운 결과물이 나왔다. 삶에서 불필요한 것들에 신경쓰지 않게 되었고 필요한 것들에 대한 열정이 샘솟았다. 미니멀리즘은 남은 인생을 기대하게 했다.

복잡한 관계도 싫다. 심플하게 살려고 하지만 인생이란 녀석 자체가 복잡하기에 심플해지는 것은 만만하지 않다. 그렇다고 포기할 내가 아니다. 그림을 그리고, 책을 읽고, 경험을 쌓으며 나만의 유연한 개똥철학을 갖게 되었다. 다른 사람의 생각을 바꾸려 하지 않는다. 나는 바뀔 생각이 없으면서 상대방이 바뀌지 않는다고 불평하는 것은 불가능한 일을 기대하는 것과 같다. 불가능한 일에 매달리고 싶지 않다. 생각보다 인생은 짧으니까. 다른 사람은 바꿀 수 없지만, 나는 나를 바꿀 수 있다.

나는 주어진 인생을 잘 살고 싶은 열정이 있다. 맥시멀리즘을 추구했던 과거에는 열정의 뒷면에 늘 불안이 있었다. 열정이 강해질수록 불안도 커졌다.

불안을 다스리기 위해 무엇에 집중해야 할까? 나는 '지금'이라는 단어에 주목했다. 얼마 전, 나만의 슬로건을 만들었다.

'지금을 펼치다.'

나는 지금에 진심인 사람이다. 이미 지나간 과거는 내가 아무리

찬란한 비상, Watercolor on paper, 42×43.5cm, 2022

물들면

노력해도 바꿀 수 없다. 내가 선택한 방법은 반성 모드를 실행해서 바꿀 수 있는 부분만 선택하고 그것을 바꾸기 위해 노력하는 것이다. 예측할 수 없는 미래에 대한 걱정은 멀리 두고, 지금을 잘 살아가는 것에 집중한다. 지금에 몰입하기 위해서는 자신의 마음을 관찰하는 힘이 있어야 한다. 관찰하기 위해서는 잠시 멈출 줄 알아야 한다.

돈이 들지 않는 것.

집에서 할 수 있는 간단한 것.

습관으로 만들 수 있는 것.

내면을 관찰할 수 있는 것.

그것은 명상이었다.

미지근한 물을 마신 후 작업실로 들어간다. 명상 관련 유튜브를 튼다. 방석을 깔고 앉는다. 몸을 반듯하게 한다. 바른 생각과 바른 마음은 바른 자세에서 나온다. 명상하면서 자세가 바르게 유지되고 있는지 수시로 체크한다. 시선을 한곳에 집중시키기 위해 벽에 그려 놓은 작은 동그라미만 본다. 앉아서 명상하다가 가끔 졸 때도 있지만, 명상했다는 것 자체가 불안을 잊게 해준다. 작은 것을 해냈다는 만족감 때문이다.

명상이 생각을 흘려보낼 수 있게 해주었다. 생각이 깊어지면 부정적인 방향으로 흘러가곤 했다. 명상은 생각과 감정을 알아차리게 해주었다. 생각은 알아차림만으로도 고여 있지 않고 흘러갔다. 생각과 감정이 심플해졌다. 불안이 옅어지고, 열정에 집중하게 되었다. 좀 더 자고 싶고 좀 더 눕고 싶지만 내가 매일 아침 명상을 하는 이유는 명확하다. 매일 명상해야만 마음이 건강해지고 지금을 잘 살 수 있다.

스며드는 인생, Watercolor on paper, 14.8×20cm, 2024

슬기로운 걷기 생활

어린 시절에는 어른들이 가르쳐준 길이 아닌 다른 길로 가고 싶었다. 어른이 되어서는 내가 결정한 길을 걸어가지만, 이 길이 맞는지 불안할 때도 있다. 불안은 걱정거리를 늘린다. 과거의 어떤 일을 후회하거나 미래에 일어날지도 모르는 일을 생각하기 때문이다. 정신적 에너지는 유한하다. 불안과 두려움이 아닌, 필요로 하는 일에 에너지를 사용하고 싶다.

어릴 때는 친구가 말한 대로 하면 고민이 해결되곤 했다. 비슷한 고민을 하는 병아리들 세계에서 입담 좋은 병아리가 있었다. 입담 좋은 병아리에게 조언을 구했다. 그 병아리가 말하는 대로 하면 되기 때문에 생각할 필요가 없었다. 그러나 어른의 세계는 다르다. 닭의 세계는 입담만으로는 절대로 해결되지 않는다.

사람마다 지문이 제각각 다른 것처럼 환경, 주변 인물, 인물의 생각과 감정 모두 달랐다. 나는 A라는 것에 초점을 맞춰 이야기하지만, 친구는 B를 중심으로 말했다. 중요하게 생각하는 부분이 각자 다르고 그것을 지키는 방법 또한 달랐다. 친구에게 공감과 위로는 받을 수 있지만, 그들의 조언에 따라 판단하고 해결했다면 책임져야 할 사람은 결국 나 자신이다.

각자 저마다의 이유로 이런 진리를 찾아냈고, 말하지 않고 눈빛만 봐도 상대의 마음을 짐작할 수 있는 어른이 되었다. 이제는 친구의 고민을 물어보기보다 말없이 안아주고 맛있는 음식을 사주거나 경치 좋은 카페에 함께 간다. 어른이 되어 어른의 방식으로 어른이 된 친구를 응원하고 있다.

매일 아침 눈을 뜨면 풀어야 할 문제가 나를 기다린다. 내가 그 문제를 풀어야 하는 것을 알기 때문에 마음의 준비가 필요하다. 신발장을 연다. 구두가 아닌 운동화를 신고 문밖으로 나간다. 걷다 보면 걸을 수 있다는 것, 볼 수 있다는 것, 들을 수 있다는 것 모두에 감사하다고 느껴진다. 특별한 일도 아닌데 감사를 느낀다고 생각할 수 있다.

사실 내가 그랬다. 가끔 산책길에서 친한 언니를 만났다. 언니가 뜬금없이 감사하다고 말할 때면 공감할 수 없었다. 종교의 힘 때문

꽃의 노래, Watercolor on paper, 29.5×35.5cm, 2022

물들면

인지 무한 긍정의 사람인지 알 수는 없었지만, 왠지 모를 거리감을 느꼈다. 그런데 그 사실을 아는가? 타인을 바라보는 시선이 자신을 바라보는 시선이라는 것을. 언니를 공감할 수 없다기보다 내가 나를 공감하지 못했다.

이제는 나를 공감하기 위해 노력한다. 아침 산책을 할 때 문제에 집중하기보다 나에게 집중했다. 지금의 내 감정은 어떤지, 왜 그런 감정을 느끼는지, 이 감정을 어떻게 달래면 좋은지 감정을 살핀 뒤에 문제를 풀었다. 인생사는 마음먹기에 달렸다는 말이 맞았다. 마음이 편안한 상태에서는 어려운 인생 문제라도 풀 수 있는 용기가 생겼다.

용기가 생긴 것이지 해결했다는 뜻은 아니다. 용기 덕분에 이전보다 삶이 단순해졌다. 단순한 삶을 사는 것은 나에게 중요하다. 나이가 들수록 에너지는 줄어든다. 줄어든 에너지로 살아가려면 에너지를 분배하는 것이 중요했고, 에너지를 분배하기 위해서는 나만의 기준이 있어야 했다.

나〉 가족〉 친구〉 동료〉 지인

인간은 로봇이 아니기에 기준에 맞춰 매번 똑같이 생각하고 행동할 수 없다. 하지만 나만의 기준이 있어야 흔들리더라도 다시 제자리를 찾을 수 있다. 매일 하루에 최소 30분을 걷는다. 30분만 걸어도 뇌졸중 발생률을 3분의 1 가량 줄일 수 있고 유방암과 대장암에 걸릴 위험이 적어진다고 한다.

　매일의 걷기 실천은 성취감을 높여준다. 엔도르핀과 세로토닌의 분비 덕분에 행복감을 느낀다. 작은 목표를 달성하는 기쁨은 남은 하루를 살아갈 에너지원이 된다. 천천히 걸으며 감정 근육과 생각 근육을 함께 기르고 있다. 이런 루틴 덕분에 감사할 일이 이전보다 늘어가고 있고 불면증도 사라졌다. 선순환이다.

그때, 그 향기, Acrylic on paper, 14.8×20cm, 2024

운동화를 신은 병아리

뒤엉킨 생각은 과거를 후회하게 하거나 미래를 두려워하게 한
다. 과거의 나는 선택하지 않은 길을 미화했고 선택한 길은 후회했
다. 후회가 짙어질수록 삶에 대한 불평이 늘어갔다. '만약'이라는
가정법이 감사를 잊게 한 것이다. 그뿐인가. 이것은 이렇게 하고 다
음에는 저렇게 하면 된다는 것이 머릿속에만 가득했다. 생각만 하
고 도통 움직이지 않았다. 움직이지 않는다면 두려움이 현실이 될
확률이 높아진다는 것을 머릿속으로 알기만 했다.

선택하지 않은 길을 걸었다고 한들 내가 상상한 것처럼 만족스
러운 삶을 살고 있을까? 지금처럼 걷지 않은 길을 갈망하고 있지
는 않을까? 후회 없는 삶은 없으니 말이다. 엉킨 생각은 지금에 집

중하지 못하게 했다.

지금에 진심인 나는 생각이 많아지면 운동화를 신고 밖으로 나간다. 움직이면서 느껴지는 감각은 몸과 마음이 어떤 상태인지 관찰하게 한다. 계절의 변화를 나뭇잎이 알려주듯 몸의 변화는 감각이 알려준다. 시각, 청각, 후각, 미각, 촉각의 오감에 예민해야 몸이 보내는 신호에 반응할 수 있다. 몸이 보내는 신호에 무뎌진다면 먹어야 할 약의 개수만 늘어난다. 몸과 마음은 결코 분리될 수 없다. 신체적으로 허약하면 정신적으로도 약해진다. 자신을 돌보기 위해 가장 중요한 것은 건강을 돌보는 것이다.

정신 건강을 위해 11년 동안 의식적으로 최소 30분씩 걷기를 하고 있다. 오래전, 걷기를 즐기는 나에게 친구가 달리기를 권했다. 그때 나는 걷기로 충분하다고 여겼고, 뛸 수 없는 사람이라 단정지었다. 체력 증진에 도움이 된다는 설득은 흘러가는 바람과 같았다. 내가 나의 행동을 제한한 것이다.

제한하고 사는 것이 편하다면 괜찮지만 편하지만은 않았다. 창작 활동을 위해 체력이 필수라는 말이 마흔 살 이후부터 와 닿았기 때문이다. 몇 년 전에는 가볍게 했던 일인데 이제는 전혀 가볍지 않았다. 한 가지 일에 집중하고 나면 체력이 쉽게 바닥났다.

좋아하는 것을 지속하기 위해 달리기를 시작했다. 달리기를 즐기던 어느 날, 보슬비가 내렸다. 빗방울을 맞으며 달리는 것이 서러운 일은 아닌데 눈물이 흘렀다. 빗물과 눈물이 함께 내렸다. 어른으로 살아가는 것이 쉽지 않았나 보다. 뺨을 타고 내려가는 빗물과 머리카락 사이로 불어오는 바람이 몸 구석구석으로 스며들었다. 과거와 미래로 향하던 생각이 지금으로 돌아왔다는 것을 깨달았다. 행동이 생각을 조절한 것이다.

목표를 향해 나만의 속도로 걸어가는 줄 알았다. 착각이었다. 몇 년 동안 무리한 삶을 살고 있었다. 무리해야 손에 잡히고 눈에 보이는 결과를 얻을 수 있지만, 지속적인 무리는 건강을 빼앗아갈 수 있다. 돈과 명예를 다 가져도 건강을 잃는다면 그것이 무슨 소용인가. 나이가 들면서 점점 더 깨달았다. 한번 나빠진 건강을 되돌리기는 생각처럼 쉽지 않다. 건강할 때 건강을 지켜야 한다. 목표를 이루기 전에 내 몸을 돌보는 것이 우선이다.

집에 돌아와서 샤워를 한 후 책상에 앉아 다음날 스케줄을 살펴보았다. 그중 꼭 해야 하는 것 한 가지를 제외한 모든 것에는 빨간색 선을 그었다. 아이 셋의 엄마와 나의 균형을 맞추기 위해 양보다 질이 중요했다.

달리기를 할 수 없는 사람이라 여겼는데 달리기도 할 수 있게 되었다. 바뀐 행동이 삶을 풍요롭게 했다. 생각이 행동을 일으키지만, 행동이 생각을 이끌기도 한다. 생각이 많아 걱정이라면 달려보는 것은 어떨까. 물론 선택은 각자의 몫이지만.

물들면

운동화를 바꿀 시기가 되었다. 내 발에 잘 맞는, 내 운동 습관에 맞는 편안한 신발을 구매하기 위해 러닝화 전문점에 가야겠다. 운동화 하나로 건강을 돌보는 나를 만들어냈다는 것이 얼마나 다행인지.

달릴 수 있는 용기, Watercolor on paper, 39×39cm, 2021

물들면

가벼움은 맛있다

건강한 삶을 살기 위해서는 몸과 마음이 가벼워져야 했다. 몸이 무거워질 때, 더욱 움직이기 싫었고 게으름을 택하는 횟수가 많아졌다. 몸이 무거워지자 마음도 무거워졌다. 게으름을 택하다 보니 주어진 시간이 마냥 흘러가기만 했다. 신선이 따로 없었다. 신선놀음이 재미있었느냐고 묻는다면 '아니.'였다. 무의미하게 시간을 흘려보내면 죄책감이 밀려왔고 열심히 사는 지인들을 시기했다. 죄책감과 시기의 감정을 느끼는 것이 싫었다. 인간으로 태어나 곰처럼 사는 것 같았다. 한 번 사는 인생, 곰이 아닌 사람답게 살고 싶었다. 변화가 필요했다.

가벼움은 맛있다, Acrylic on paper, 14.8×21cm, 2024

몸을 가볍게 만들기 위해 식단의 변화가 필요했다. 평일 아침마다 샐러드를 먹기로 다짐했다. 채소를 샀다. 잎채소를 적당한 크기로 잘라 씻었다. 채에 부어 물기를 뺐다. 손질한 채소가 들어가도 약간의 공간이 남을 수 있는 뚜껑이 달린 보관 용기를 열었다. 용기에 키친타월을 깔고 채소를 넣었다. 윗부분도 키친타월로 덮었다. 뚜껑을 닫아 냉장고에 넣었다.

나는 갑각류와 달걀을 좋아한다. 365일 내내 냉장고 위 칸에 자리한 달걀을 꺼냈다. 깨끗하게 씻은 뒤에 달걀 삶는 기계에 넣어 삶았다. 새우의 내장을 제거했다. 소금을 넣은 끓는 물에 새우를 익히고 껍질을 벗겼다. 마요네즈, 생크림, 식초를 큰 볼에 담고 섞었다. 소스가 담긴 볼에 달걀을 넣어 섞은 뒤에 으깼다. 마지막으로 새우를 넣고 섞었다. 준비한 달걀 새우 샐러드를 먹었다. 풀은 왜 이렇게 맛이 없는지. 내 입맛에 맞추었다고 생각했는데 간은 또 왜 이렇게 맞지 않는지. 냉장고에 있던 소스를 꺼내 뿌렸다. 넉넉히 뿌렸는데도 왜 맛이 별로인지. 안 되겠다 싶어 근처 빵집의 샐러드를 사서 먹기 시작했다. 비용이 생각보다 많이 들었지만 건강한 삶을 위한 투자라고 생각했다.

식품에 뿌리는 소스 따위의 양념을 의미하는 드레싱은 요리의 맛을 돋보이게 하고 소화를 도와준다. 샐러드와 친해지기 위해 드레싱을 듬뿍 뿌려 먹었다. 드레싱 맛으로 꾸역꾸역 샐러드를 먹은 것이다. 샐러드를 먹기 시작한 지 1년쯤 지나면서부터 드레싱의 양이 줄었다. 드레싱을 조금만 넣어도 먹을 만했다. 오히려 드레싱의 자극적인 맛을 조금씩 피하게 되었다. 그렇다고 내가 샐러드를 사랑하게 되었다는 것은 절대 아니다. 이전보다 샐러드에 대한 거부감이 줄어들었을 뿐 여전히 의무적으로 챙겨 먹는다. 나는 고기를 절대 끊을 수 없다. 샐러드에 베이컨이나 닭가슴살을 꼭 넣어 먹는다. 베이컨의 짠맛은 가뭄에 단비와 같다.

'샐러드 먹기'라는 작은 변화가 삶에 주는 영향력은 생각보다 컸다. 모델처럼 날씬한 몸매가 된 것은 아니지만, 옷 사이즈 때문에 마음에 드는 옷을 포기하는 일은 없어졌다. 아침마다 화장실에 가는 것이 익숙해졌고, 가벼운 몸으로 산뜻한 하루를 시작할 수 있었다. 비워진 가벼움은 무거운 인생을 견딜 수 있게 해주었다.

상대방을 바라보는 시선이 가벼워졌다. 다른 사람의 부족함을 머리가 아닌 마음으로 이해하려 했다. 누군가 시킨 것이 아닌 스스로 변화를 만들어낸 결과였다. 이런 변화는 나에게 더 큰 신뢰를 가져다주었다. 내가 나를 격려하고 존중할 수 있는 작은 점을 찍은 것이다. 나를 위한 습관을 만들기가 이처럼 힘든데 내가 과연 남을 바꿀 수 있을까? 타인을 바꾸려는 생각 대신 이해하고 포용하는 힘이 한 뼘 자랐다.

나를 알아가는 여정은 자존감과 밀접하게 연결된다. 자신을 모르는 사람이 타인을 이해할 수는 없다. 완벽하지 않은 자신을 이해하고 받아들이는 과정에서 다른 사람의 부족함을 인정하고 이해할 수 있는 능력이 자란다. 이런 인정과 이해의 태도는 자신에게도 돌아온다. 자신의 부족함을 알아야만 더 나은 사람이 되기 위해 노력할 수 있다. 다른 사람에게 관대해지는 것은 자신을 이해하고 사랑하는 과정의 일환일 뿐이다. 이런 관대함은 현실을 외면하는 변명이 아니다.

　"나는 이런 사람이야. 네가 이해해." 이런 것이 아닌 "나는 이런 사람이라서 이런 노력을 하고 있어."라고 말할 수 있는 어른이 되기 위해 아침에는 샐러드를 먹는다.

순결하고 강인한 자연, Watercolor on paper, 48×47.5cm, 2022

나의 미러링

나는 시작이 힘든 사람이다. 힘든 이유는 잘하려는 마음과 잘하지 못했을 때 감당해야 하는 자기 비하가 숨어 있다. '잘'을 빼기 위해서는 비움이 필요했다. 마음이 비워져야 몸의 힘도 빠지고 빠진 공간을 통해 새로운 생각과 편안한 감정이 차오를 수 있다. 더하는 것보다 빼는 것이 어려웠다. 어렵지만 비워야 하기에 아침마다 나를 들여다보는 시간을 보낸다.

비움과 채움의 균형을 유지하기 위해 선택한 것은 모닝페이지다. 어떤 것이 중요하고 지금 해야 할 일이 무엇인지 모닝페이지를 작성하며 파악했다. 모닝페이지를 쓰며 생긴 생각 정리 습관은 삶의 모든 순간에 적용되었다. 사건이 일어나면 중요한 것과 중요하지 않은 것을 분리하려 노력했다. 쌓인 노력 덕분에 삶이 단순해지고 단순함이 하루를 단단하게 만들고 있다.

아침마다 작성하는 모닝페이지의 마지막은 늘 두 가지로 정리된다. 중요한 일과 쉬는 시간. 중요한 일을 선택하기 위한 나만의 방법이 있다. 자기 전에 적어둔 일정표를 꺼낸다. 좋아하는 노트에 일정을 어느 공간에서 어떤 방식으로 언제까지 할지 작성한다. 예를 들어 '그림 그리기 중 밑그림을 집에서 연필로 저녁 7시까지 마무리하기', '원고를 ○○카페에서 노트북으로 오후 3시까지 쓰기' 등으로 정리한다. 예기치 않은 변수는 늘 생기기에 정리한 대로 일정이 진행되는 것만은 아니다. 생각한 대로 굴러가지 않는 것이 인생의 매력이다. 예측할 수 없는 사건이 생기면 하나의 일정을 소화할수 있는 시간을 파악한다.

학교에서 아이가 아프다고 연락 와서 하던 일을 멈추고 아이에게 달려가야 했다. 아픈 아이를 데리고 병원에서 진료한 후 집으로 돌아와 죽과 약을 먹였다. 약을 먹고 잠이든 아이 옆에서 할 수 있는 일정을 선택했다. 예상 시간이 짧게는 10분, 길게는 1시간 남짓되는 것을 선택했다. 주어진 상황에서 할 수 있는 일정을 선택하고 그 일을 처리하려 했다. 아이 셋을 키우며 나답게 살기 위해 치열하게 사는 중이다.

쉬는 시간은 나에게 중요하다. 쉬어야만 사고를 유연하게 할 수

있고 기존 것을 연결해 새로운 것을 만들 수 있으니 말이다. 잘 쉬기 위해 집이 아닌 다른 동네로 간다. 평소 가지 않았던 낯선 동네를 걷다가 마음에 닿는 카페에 들어간다. 생소한 카페에 앉아 책을 읽거나 작은 노트에 그림을 그린다.

걷는 시간에 따라 다르지만 24시간 중 쉼을 위한 시간은 1시간에서 1시간 30분 정도 허락된다. 낯선 동네의 카페에 가면 평소에는 사용하지 않았던 감각이 살아나곤 한다. 익숙하고 편안해서 무뎌졌던 감각이 살아나는 것이다. 살아난 감각은 생각하지 못했던 완전히 다른 무언가와 만나게 해준다. 그렇다고 매번 그런 것은 아니다. 신선한 감각을 만나게 해주기도 하고 지금의 감각에 만족하게 하기도 한다. 예상할 수 없는 것이 가득한 세상에서 내가 할 수 있는 일들을 찾기 위해 쓰고 또 쓰고 있다.

마음에 닿는 카페를 발견하지 못할 때도 있다. 카페의 음악이 나의 취향과 다르거나 사장님이 말을 자주 시킨다거나 다른 손님과의 거리가 지나치게 가까우면 그 자리가 불편해진다. 주문한 음료를 테이크아웃 잔에 옮긴다. 그런 날은 걷는 시간이 길어진다. 다른 카페를 발견하려 노력하기보다 불어오는 바람을 느끼며 지나가는 사람들의 목소리와 눈에 보이는 상점과 간판을 관찰하기 위해서다.

모닝페이지를 작성한 지 1년이 지났다. 1년 전과 지금의 나, 가장 큰 차이는 정신력이 단단해졌다는 것이다. 타인의 걱정에 진심이 담겨 있다면 귀담아들었지만 나를 흔들기 위한 달콤한 입놀림이라면 마음속으로 안녕을 말할 수 있게 되었다. 물론 나도 인간이기에 때때로 무너지기도 하지만 이전보다 나를 지킬 힘이 세진 것이다.

살 만한 하루, Watercolor on paper, 14.8×21cm, 2024

물들면

이처럼 물들고 싶을 때

"엄마, 요즘에는 브이를 이렇게 해야 해요."

아이가 넌지시 던지는 말이 트렌드를 생각하게 한다. 나는 요즘 노래, 영화, 패션, 유행을 적당히 따라가는 편이다. 트렌드에 민감한 여자가 되어 달려가고 싶지 않다. 트렌드를 몰라도 사는 데에 문제없고 트렌드를 알기 위해 사용할 에너지도 없다. 트렌드를 파악하기 위한 노력 대신 책을 읽고 있다. 책에서는 항상 무언가를 찾을 수 있다.

아침마다 짧게는 15분, 길게는 30분씩 책을 읽고 있다. 책을 통해 주어진 문제를 해결하기도 하고 위로받기도 한다. 나는 30대까지 책을 좋아하는 사람이 아니었다. 좋아하지는 않았지만 독서 모임을 하며 책을 읽었고 읽은 것을 삶에 적용하려 노력했다.

책과 가까워질수록 세상을 여유롭게 바라보고 사람을 사랑할 수 있게 되었다. 사람을 사랑한다는 말이 어색하게 들릴 수 있지만 나는 그렇다. 사랑하니 관찰하게 되고 관심을 기울이다 보니 사람 보는 안목이 이전보다 깊어졌다. 다른 사람에게 보이지 않는 것이 보이고 느껴졌다. 그들과의 관계를 한 걸음 물러나서 바라볼 수 있게 되었다. '내 인생의 주인공은 나지만, 당신 인생의 주인공은 당신'이라는 생각이 자랐다. 자기중심적인 틀에서 벗어난 것이다. 이런 변화가 하룻밤 사이에 일어난 것이 아니다. 책을 통해 깨달은 것을 일상에 적용하려 지속적으로 노력한 결과였다.

살면서 실천하기 어려운 부사 두 개가 있다.

'적당히'와 '평범히'

책은 적당한 관계를 유지하고 평범하게 살 수 있도록 도와준다. 책은 나의 인생의 길잡이다.

좋은 책은 인간다운 삶을 살 수 있도록 해준다. 나는 '좋은'이라는 형용사보다 '사람'이라는 명사에 가치를 둔다. 형용사에 가려진 명사는 팥이 없는 팥빵과 같다. 사람답게 살고 싶어 아침마다 책을 펼친다. 건강, 경제, 예술, 여행, 인문, 자연과학 등 다양한 분야의 책을 읽고 있다. 점과 점이 만나 선이 되고 선과 선이 연결되어 도

형이 되는 것처럼 예술의 어떤 부분이 마케팅의 어떤 부분과 연결되어 새로운 생각을 생산해낸다. 나이가 들면서 기쁨을 느끼고 새로운 것에 대한 열광이 줄어들고 있지만, 책과 함께하는 순간에는 새로운 것에 기뻐할 수 있는 짜릿한 감정을 느낀다.

아침 독서가 이렇게까지 대단하냐고 생각할 수 있다. 대단한 정도는 다양하기에 단정지어 말할 수 없지만, 이것은 확실하다. 콩나물시루에 물을 주면 물은 흘러내린다. 물을 준 것이 맞는지 확인할 방법은 자란 콩나물이다. 물이 그냥 흘러내린 것 같지만 의식하지 못한 사이에 콩나물은 자라고 있다. 매일 거르지 않고 하는 아침 독서라는 물이 인생이라는 콩나물을 무성하게 자라게 한다.

아침 독서를 하기 위해서는 규칙적인 생활이 필요하다. 습관이 익숙해져 당연한 것이 되기 위해서는 의식적인 노력이 필요하다. 반복된 노력의 축적이 아침 독서를 일상 속의 한 부분으로 자리잡게 해주었다. 습관이 자연스러워지기까지 걸리는 시간은 사람마다 다르다. 사람이 모두 다르듯 생각도 모두 다르지만, 나는 말하고 싶다. 변화를 수용하고 받아들이기는 어렵다. 그러나 이 과정을 거쳐야만 성장할 수 있다. 안전지대에서 벗어나야 성장한다. 성장할수록 다른 사람에게 줄 수 있는 것이 많아진다. 30대보다 성장한 40대를 보내는 요즘, 50대가 기대된다.

생각의 아침, Watercolor on paper, 40×40cm, 2023

물들면

고개만 들어도 뿜뿜

스트레스를 해소하기 위해 스트레칭을 한다. 그림을 과도하게 그리면 뒷목이 뻣뻣해지고 어깨가 뻐근해진다. 등이 구부정하게 굽어져 앞으로 나온 머리는 몸에 통증을 가져온다. 통증 때문에 예민해지고 작은 일에 화가 난다. 스트레스 수치가 올라간다. 자리에서 일어나 몸을 움직일 수 없는 경우 스트레칭을 한다. 허리, 목, 어깨를 돌린 후 가슴을 펴고 기지개를 켠다. 스트레칭으로 굳은 근육이 부드러워지고 몸이 개운해진다.

근육이 굳어 잘 늘어나지 않으면 통증이 나타난다고 한다. 근육이 잘 늘어나지 않기 때문에 뼈에 붙은 조직이 당겨지기 때문이다.

오래 앉아 일해야 하는 경우 1시간 단위로 알람을 맞춰 놓는다. 통증이 찾아오기 전에 스트레칭을 하기 위해서다.

어깨 주변의 근육을 위해 오른쪽 손바닥을 비스듬히 위로 뻗는다. 뻗은 팔을 아래로 비스듬히 내린다. 두 번 반복한 후 같은 방법으로 왼쪽 손바닥을 비스듬히 위로 뻗은 뒤에 내린다. 목을 한 바퀴 돌리면서 어느 부분이 아픈지 어깨를 돌리면서 뭉쳐 있던 부분을 알게 된다. 몸의 상태를 확인하다 보면 마음이 편안해진다. 내 몸의 주인 노릇을 잘 하고 있다는 생각 때문이다. 몸과 마음을 살핀 10분이 나만의 것이 되고 있다. 나만의 10분이지만 선생님이 체크하는 것이 아니기에 가끔 하기 싫을 때도 있다. 하기 싫을 때는 해냈을 때의 뿌듯한 감정을 떠올린다. 스트레칭이라는 작은 습관이 하기 싫은 상황에서도 앞으로 나아갈 수 있는 능력을 쌓아주고 있다.
아침뿐만 아니라 스트레스가 다가오거나 스트레스를 받을 때면 허리를 곧게 세운다. 눈을 한 방향으로 움직인 후 다른 방향으로 움직인다. 눈을 살며시 감았다가 뜨면서 손목을 안에서 밖으로 여러 번 돌린다. 그림을 오래 그리기 위해 허리와 손목, 눈 건강을 지키려 노력하고 있다. 작은 노력일 뿐이지만 그것이 어떠한 압박 속에서도 나를 현재의 순간에 집중하게 해준다. 집중력 외에 한 가지를 더 원했다.

여유.

어린 시절에 본 세상과 어른이 되어 바라보는 세상은 달랐다.

사회는 차갑다. 사회적 자아가 필요하다. 솔직함보다 가식이 필요하다. 성공하고 싶어 도전해도 헤아리지 못할 만큼 실패한다. 부정적인 결과가 부정적인 감정을 습관처럼 만들어낸다. 우리는 모두 서로를 이해하지 못하는 세상 속에서 고독하다. 나의 능력을 인정하지 않는 세상을 비난할수록 나 스스로가 더욱 불쌍해진다.

마주한 세상이 내 몸과 마음을 침몰시키기 전에 다시 허리를 곧게 세운다. 눈을 감고 숨을 깊게 들이마시고 내쉰 후 목을 한 바퀴 돌린다. 숨소리에만 귀를 기울인다. 어깨와 발목을 한 바퀴씩 돌리고 손목도 한 바퀴 돌린다. 돌려도 제자리로 돌아올 수 있는 몸이 문득 감사하다. 이 세상에 당연한 것은 없으니 말이다. 감사는 여유를 가질 수 있게 해주었다. 여유가 있어야 나에게 너그럽다. 감사하는 마음만 여유를 갖게 하는 것이 아니다. 스트레칭도 여유를 갖게 해준다.

주말 오후, 적당한 거리를 유지하고 있는 지인을 만났다. 그녀가 돈을 좋아하지 않는다고 말하는데 가식적으로 느껴졌다. 가식이 나쁜 것은 아니지만 그렇다고 좋다고도 말하지 못하겠다. 중요한 것은 그녀만 모를 뿐, 나와 S와 K 모두 그녀가 돈을 좋아한다는 것을 안다. 나는 가식과 솔직함을 적당히 유지하며 사는 것은 당연하다고 생각한다. 가식적이라는 말을 들으면 솔직해지려 노력하면 되고, 너무 솔직해서 불편하다고 하면 적당히 가식적이면 되는 것 아닌가. 조율하다 보면 어제보다 성숙한 인간이 되지 않을까.

나를 물어뜯는 사회에서 당당함을 잃지 않을 수 있고 내가 원하던 다른 세상의 문을 열 수 있게 해주는 돈. 돈은 없지만 루틴은 있으니 오늘도 몸을 쭉쭉 늘리는 스트레칭을 한다.

물들면

Chapter 2

모든 순간의 그림

내가 특별해지는 순간

하이힐을 신고 전시회에 가는 것을 즐긴다. 평소에는 추리닝을 입고 운동화를 신는다. 통풍이 잘 되는 가벼운 소재의 활동하기 편한 옷이 최고인 40대다. 언제, 어디서, 어떤 일이 생기면 달려가야 하는 아이 셋의 엄마이기에 주로 러닝화를 신는다. 매일 저녁 옷을 세탁하지만 옆집 언니는 내가 매일 같은 옷을 입는 줄 안다. 지금 내 모습이 편하고 좋기에 그녀의 의구심을 해결하고 싶은 마음은 없다. 냄새가 난다거나 불편함을 주는 운동복이 아니니 말이다.

"좋은 일 있나 봐."

묘하게 기분 나쁘게 말하는 그녀가 하이힐을 신은 나를 힐끗 쳐다보고 말했다. 하이힐을 신는 날은 손에 꼽을 정도로 적다. 손꼽히는 날 가운데 대부분을 차지하는 순간은 전시회에 가는 날이다.

아이들이 등교하자마자 화장하고 예쁜 옷을 꺼내 입고 어울리는 액세서리를 한 후 하이힐을 신고 밖으로 나섰다. 함께 하는 것을 좋아하지만 전시회는 혼자 관람하는 것을 즐긴다. 백 명이면 백 명의 생각과 감정이 다르듯 그림을 관람하는 태도, 생각, 감정이 모두 다르다. 타인과 다르다는 것을 확인하는 것보다 혼자만의 사색을 즐기는 편이다. 도슨트의 설명으로 작품을 깊이 이해하기도 하지만 때로는 보고 느껴지는 날것 그대로의 나만의 느낌이 좋다.

"언젠가는 이런 공간에서 개인전을 해야지."

유명 미술작가의 전시만을 기획하는 전시관에 갔을 때였다. 이 날은 친구와 함께 갔다. 친구가 무심코 던지는 말에 무의식적으로 "그래야지."라고 대답했다. 전시회 관람을 마치고 근처 카페로 갔다. 친구는 가장 인상 깊게 본 작품에 관해 말했다. 나는 친구의 이야기가 들리지 않았다. 친구를 보며 고개를 끄덕였지만, 대답 뒤에 숨겨진 무언가와 마주하기 위해 계속해서 나에게 질문했다. 내가 왜 친구에게 그런 대답을 했는지 알고 싶었다.

질문의 끝에서 발견한 것은 숨겨진 나의 욕망이었다.

'이름이 알려지고 싶다.'

지금보다 유명해지고 싶다는 욕망이 있다. 욕망이 드러나지 않은 것은 두려움 때문이다. 두려움에 머무는 것을 나는 원하지 않는다. '미술 세계를 모르는 것도 아니면서 왜 애쓰면서 살아. 지금도 충분해.' 하며 욕망을 억누른다면 남은 인생이 아깝다. 금전적인 보수와 이익이 적다고 해도 '그림 그리기'라는 일은 자발적인 기쁨과 육체의 건강을 누리게 해준다. 타인에게 피해를 주지 않는 선에서 욕망에 따른 노력으로 얻는 기쁨과 건강은 삶의 가치를 높여준다. 가치 있는 삶을 살기 위해서는 자신을 속이면 안 된다.

욕망이 나에게 질문을 던졌다. 유명해지면 지금보다 행복할까? 시간과 에너지 대부분을 돈과 명예를 얻기 위해 사용해서 원하는 것을 얻었다고 행복할까? 머릿속에 나의 삶이 파노라마처럼 펼쳐졌다. '그림 그리기' 덕분에 안정적이고 친밀한 관계가 형성되고 있다. 지인에서 동료가 되고, 동료에서 친구가 되며, 친구에서 가족처럼 친밀한 관계가 된 경험을 통해 깨달았다. 과정뿐인 인생에서 행복하기 위해서는 돈, 명예, 성공보다 '좋은 관계'가 중요하다는 것을.

그녀가 지인이 아닌 친구였기에 그녀의 말을 와전해 듣지 않았다. 친구의 말 한마디가 내 안에 숨겨진 욕망을 깨웠다. 하지만 잊지 말자. 욕망을 위한 투자도 중요하지만 좋은 관계가 좋은 내일을 만들어준다는 것을.

친구와 함께 한 전시 관람이 나를 움직였다. 다음 걸음을 걷기 위한 준비가 시작되었다. 집으로 돌아와 하이힐을 벗고 작업실로 들어갔다. 이전에는 아이들의 공부방이던 공간이다. 온종일 신은 하이힐로 발은 피곤했지만 열정의 불꽃이 피어올랐다. 그림으로 표현할 메시지를 노트에 적는다. 의식적이거나 무의식적인 감정을 그림에 담는다. 나의 진심을 표현하기 위해 몰입한다. 몸을 움직여 작품을 완성한다. 작품을 관람하는 사람에게 감정이 전달된다. 감정과 감정이 전달되는 경험을 한다. 경험의 반복이 화가의 이름표를 달아준다.

이후로도 전시 관람을 즐긴다. 전시 관람으로 얻은 영감을 그림으로 표현하면서 나는 이전보다 특별해지고 있다. 이름을 알리거나 이름값으로 피곤해지더라도 상관없다. 나는 나에게 진실한 모습으로 살아가고 있기 때문이다.

생긴 대로 사는 자연에게서 배운다, Acrylic on paper, 14.8×21cm, 2024

우아함을 선물하고 싶은 거야

아이들을 낳고 나서 나는 조금만 찬바람이 불어도 감기에 걸리곤 한다. 겨울이 오면 따뜻한 온열 매트 위에서 잠을 청하고, 뜨거운 여름에는 얇은 긴팔과 긴바지를 입는다. 한기를 느끼는 환경을 경계하다 보니 패션 감각은 글쎄. 프리랜서라서 회사로 출근하지 않는다. 정장이 아닌 물감이 묻어도 되는 운동복을 주로 입는다. 구두가 아닌 활동하기 편한 운동화를 신는다. 타인에게 혐오감을 주는 것이 아니라면 내가 편한 것이 나에게 좋다.

'10월 14일에 만나자.'

친구들을 만나기로 했는데 가을옷이 없다. 주머니 사정을 확인하고 쇼핑했다. 나는 취향에 맞는 매장을 발견하면 그곳에서만 예상 금액 이내로 상품을 구매한다. 이 매장 저 매장을 보고 또 보는 것은 나에게 귀찮은 일이다. 아이 셋을 키우며 밥벌이를 위해 외주를 하고 그림 그리기와 글쓰기를 하는 데 에너지를 쏟고 있기에 쇼핑할 수 있는 에너지는 한 뼘 정도 허락된다. 에너지, 시간, 돈이 충분하다면 지금과 다를까? 아마도 그대로일 확률이 높다. 나이는 그대로니까.

40대가 되니 관계의 폭이 좁아졌다. 성향에 맞는 사람들과만 지내고, 특별한 모임은 1년에 한 번 있을까 말까 하다. 평소에 만났고 만나는 사람들에게 잘 보이려 애쓰는 모습이 무뎌지고 있다. 무뎌지긴 했지만 익숙한 동네가 아닌 낯선 장소에서 만나니 격식을 차려야 했다. 운동복이 아닌 세미 정장을 샀다. 걸어 다닐 때도 걷고 나서도 불편한 구두 대신 운동화를 신었다. 지금 신는 운동화가 새로 구매한 옷과 가방에 어울리니 이 정도면 베스트였다.

가끔 만나는 지인들은 평소에 내가 우아한 삶을 사는 것 같다고 말했다. 화장하고 꾸민 모습만 보았으니 그럴 수 있겠지만, 평소의 나를 안다면 꾸민 모습이 어색할 것이다. 평소에는 회색 계열의 운동복만 입으니 말이다. 운동복을 입든 정장을 입든, 화장을 하거나 하지 않더라도 모두 나다.

나를 향한 한결같은 사람은 좋지만 한결같은 스타일은 별로다.

자본주의 사회에서 살아남기, Acrylic and watercolor on paper, 73×52cm, 2023

이런 날도 있고 저런 날도 있는 것이 삶의 매력이듯 이런 스타일도 있고 저런 스타일도 있는 사람이 매력적이다. 어린 시절에는 스타일이 그 사람을 빛나게 한다고 생각했다. 어린 생각이었다. 40대가 되고서야 깨달았다. 스타일이 아닌, 내면이 매력적이어야 얼굴이 빛나고 함께하고 싶은 사람이라는 것을. 나이를 먹을수록 생각이 깊어지는 것은 꽤 괜찮지만 중력을 거스르지 못하고 늘어진 살과 주름살은 아직 괜찮지 않다.

이 사람이 없으면 살지 못할 것 같지만 없어도 괜찮다는 것을 세월이 알려주었다. 한결같은 성품이 지루하다고 싫어했지만 결혼하고 살아 보니 한결같아야 그나마 살 만하다는 것을 깨달았다. 나이가 든다는 것이 꼭 숫자가 늘어난다는 것만 의미하는 것은 아니다. 시간이 주는 지혜가 지식보다 달다.

글을 쓰면서 생각이 변했다. 한 번쯤은 지인들이 우아하다고 말하는 장단에 맞춰 쇼핑에 진심을 담고 싶어졌다. 효율성을 따지기 전에 인간의 욕망에 충실해보자. 손은 덜덜 떨리지만, 마음은 설렌다. 이것도 자의식 해체일까.

걱정 마 곁에 있으니

"지금 어디쯤이야?"

1년 만에 만나도 바로 어제 만난 것 같은 친구들의 목소리가 핸드폰 너머로 들린다. 오랜만에 봐도 어색하지 않고 반가운 것은 공감과 시간이 쌓여 만든 안정감 때문일 것이다. 나 자신으로 있어도 충분한 관계, 잘난 척하거나 쓸모없는 대화를 나누어도 되는 시간. 아무 말 하지 않아도 편안한 공간. 우정의 불을 지펴 상호 간의 온기가 생겨나게 하는 친구들을 만나기 위해 지하철을 탔다.

숟가락과 젓가락 개수를 알 정도로 서로의 가정형편을 잘 알고 있지만 속사정까지 속속들이 알고 있지는 못하다. 짐작만 할 뿐이다. 친구가 말할 수 있을 때까지 기다리거나, 말하지 않으면 해결되었거나 말하지 못할 사정이 있다고 생각한다. 무관심이 아니다. 친구와의 관계가 안정되었기 때문에 가능한 일이다.

자신의 감정과 생각을 다른 사람에게 표현할 수 있으려면 관계에 안정감을 느껴야 한다. 안정감이 있어야 서로 솔직해질 수 있다. 솔직함은 상대와 깊은 관계를 맺게 하지만 절교하게도 만든다. 관계를 형성하기 위해 고무줄처럼 유연성 있는 마음가짐이 중요하다. 상대가 나에게 솔직하지 못할 때 한 번쯤 나의 말과 행동을 돌아본다. 내가 상대에게 불편함이나 공격받을 듯한 감정을 주는 것은 아닌지 말이다. 상대의 관점을 이해하고 관계를 이어가기 위해 노력하고 있다는 것을 상대방이 알 수 있게 했다. 그 뒤로도 여전히 관계가 불안정하면 연락을 줄였고, 서로 안정감을 느끼면 관계의 거리가 좁아졌다.

"내비게이션에 종로3가 5번 출구라고 입력하고 그쪽으로 와. 우리가 갈게."

저녁 7시, 친구들이 맛집이라고 소문난 음식점에서 먼저 만나고 있었다. 나는 그림 작업을 마무리한 후 7시 30분에 종로3가 5번 출구에 도착했다. 친구들이 보내준 주소를 내비게이션에 찍고 AI가 알려준 대로 걷기 시작했다. 역에서 5분 이내의 거리에 있다고 했는데 20분이 넘어도 음식점이 보이지 않았다. 오히려 멀어지는 느

기분 좋은 예감, Watercolor on paper, 34×44cm, 2021

낌을 받을 때쯤 친구에게 전화가 왔다. 걸어갔던 길로 다시 돌아와서 처음 만나기로 한 출구 앞에서 만나자는 친구들은 어린 시절부터 길치였던 나를 배려해주었다.

H가 나를 발견하고는 손을 흔들며 빠른 걸음으로 다가왔다. 반가운 마음에 찐하게 포옹한 후 밥 먹다 말고 나오게 해서 미안하다는 말을 꺼내려는 순간, 친구는 오히려 빈속으로 지금까지 헤매고 다녔을 나를 걱정했다. 미안함과 고마움이 뒤섞였다. 잠시 후 친구들이 모두 모였다. 밥을 먹을 수 있는 음식점을 찾는 친구들을 보며 나는 참 복 받은 사람이라는 생각이 들었다. 겸손한 사랑을 보여주고 실천하는 친구들이 곁에 있으니까.

친구를 통해 세상이 다정하다는 것을 깨닫는다. 그녀들이 아니었다면 아직도 길을 헤맸을 것이고 세상이 다정하다는 것을 몰랐을 것이다. 새로운 시각으로 세상을 보게 해주고 나에게 닥친 어려운 상황을 해결해준 친구들이 내 손을 잡아주었다. 친구들과 들어간 음식점에서 골뱅이무침과 탕수육을 먹으며 허기진 배를 채웠다. 진짜 공감은 허기진 배를 자극하는 것이 아니라 채우기 위해 음식을 주는 것이다. 음식은 속을 든든히 채우고 안전한 관계는 망망대해 같은 삶의 작은 등대가 되어준다.

'오만과 자만의 범주를 벗어난 아무 말 대잔치'가 시작되었다. 나이가 들수록 웃을 일이 줄어든다. 그러나 친구들과 있으면 웃는다. 입에 모터를 단 듯 20대 때의 추억과 가벼운 일상을 채워가는 대화, 그리고 함께 웃음을 나누는 시간. 세심한 배려와 서로에 대한 진심이 묻어나오는 소소한 행동들은 그 순간의 행복을 완성해주었다. 서로의 물컵을 채워주고, 상대방의 떨어진 포크를 줍는 친구들은 나에게 감사한 존재다.

걱정 마, 곁에 있으니, Watercolor on paper, 32×38cm, 2022

영화를 마시다

순간은 스냅 사진과 같다. 스냅 사진이 모여 릴스가 되고 동영상이 된다. 동영상을 연결하면 한 편의 영화가 만들어질 수 있다. 깨어 있는 16시간 중 1시간마다 사진을 찍어보았다. 다양한 것들과 만났고, 희로애락애오욕의 감정이 스치고 지나갔다.

"엄마, 일상이 똑같아요. 어른들의 삶은 지루할 것 같아요."

"어른이 되면 생각하지 못했던 일들이 갑자기 벌어져. 그 일들을 해결하고 감당하기 위해 애쓰면서 살지. 이런 과정을 통해서 일상이 똑같거나 지루한 것이 아니라 감사한 것이라는 것을 알게 돼."

막내와 아이스크림을 먹으며 대화하던 중 어제 하지 못했던 옷장 정리가 생각났다. 첫째의 성적표를 보고 느꼈던 기쁨은 순식간에 사라져, 그 자리를 채운 것은 다음 시험에 대한 걱정이었다. 책을 읽다가 갑자기 며칠 전에 있었던 이웃과의 주차 시비가 머릿속에 떠올라 화가 치밀어 올랐다. 몇 시간 사이에도 다양한 감정이 오간다. 순간에 온전히 집중하기가 쉽지 않다.

쉽지 않지만 집중한 순간들도 있었다. 그림을 그리고 글을 쓸 때, 전문가에게 부동산과 주식 정보를 들을 때, 주말여행을 위한 계획을 세울 때. 관심 분야의 것을 할 때는 집중하지만 오랜 시간 집중해야 하는 일을 할 때는 나름의 조건이 있었다.

그림 그리고 글 쓰는 난이도가 지금의 수준보다 약간 높아야 만족할 정도의 작품이 탄생한다. 부동산과 주식 관련 배경 지식이 어느 정도 있어야 전문가의 정보에 솔깃하다. 해야 할 일을 마무리해야만 즐겁게 주말여행 계획을 세울 수 있다. 이런 조건이 충족되지 않으면 스트레스만 받았다. 만병의 근원인 스트레스를 해결하기 위해 작은 그림을 그렸다.

그림 그리는 사람에게 관찰력과 집중력은 중요하다. 좋아하는 살바도르 달리와 모네 작품을 감상하는 시간은 체감 시간보다 길다. 3시간을 감상할 경우 1시간만 소요된 느낌이 든다. 흘러내리는 시곗바늘의 큰 바늘이 위와 아래 중 어느 방향에 있는지, 소재의 연결성은 어떻게 이루어져 있는지, 주요 색상은 무엇이고 색 조합의 비율은 어느 정도인지, 붓 터치의 방향은 왼쪽에서 오른쪽인지, 빛

의 흐름이 위에서 아래로 어떻게 흘러가는지. 나에게 던지는 질문
은 두뇌를 자극하고 자세히 관찰하게 한다. 보고 느끼고 생각하는
몰입의 시간이 즐거워 감상 시간보다 체감 시간이 짧다고 느낀다.
주관적인 시간 길이의 풍요로움은 기분 좋은 감정을 준다.

삶의 온기를 향해, Marker on paper, 9×11cm, 2022

팍팍한 인생 속의 즐거움은 어둠 속 빛나는 작은 별과 같다. 그런 별을 찾기 위해 세상을 더욱 세세하게 관찰하려 노력했다. 때론, 그 노력이 헛된 것처럼 느껴질 때도 있었다. 과거의 기억이 현재의 기분에 의해 왜곡되거나, 자기 합리화를 위해 변형되기도 하니까. 현재가 과거를 끊임없이 재구성하고 변화시키는 것은 아닐까. 사진을 찍자마자 핸드폰 속의 사진 보관함에는 날짜와 시간 그리고 장소가 정확히 기록되지만 기억은 그렇지 않다. 조금 전 화장대 위에 올려놓은 리모컨이 기억나지 않지만, 어린 시절 부모님과 여행 갔던 장소의 향기와 감정 그리고 첫 아르바이트의 추억은 또렷하다.

현재의 기억이 좋은 추억으로 남아 선명해지기를 소원하며 아이들과 한 달에 한 번 영화관에 간다. 영화관은 그대로인데 팝콘과 음료수를 들고 있는 아이들이 부쩍 성장했다. 방귀 대장 뿡뿡이를 좋아하던 네 살 아이가 고등학생이 되었다. 모든 것이 변해가지만 변하지 않는 것이 있다. 내 삶을 녹여낸 영화 속의 주인공이 '나'라는 사실이다. 삶은 선택의 연속인데 어리석음에 취해 사는 것은 아닌지. 쓸데없는 일에 시간을 빼앗기지는 않는지. 각자의 영화가 아름답기를 바라며 다섯 식구는 항상 가던 영화관이 아니라 다른 지역의 영화관 나들이에 나섰다. 이번에는 심야 영화다. 가족과의 시간은 나에게 소중한 자산이다.

영화 속 세상, Watercolor on paper, 35×23cm, 2022

낯설어서 좋은 설렘

   '그림'이라는 공통의 취향으로 뭉친 새로운 커뮤니티와 첫 만남이었다. 그들과 낯선 동네의 골목을 걸으며 동네 변천사에 관한 이야기를 시작했다. 그 작은 동네의 이야기는 우리나라 역사를 거쳐 서로의 일상까지 나누게 했다. 그림을 그리며 우리는 인생관을 나누었다. 어른이 되어 만난 관계는 이해관계를 따져 친밀하기 어렵지만, 취향 공동체는 달랐다. '그림 그리기'라는 문화적 활동을 통해 만났기 때문에 성별, 나이, 살아온 환경, 거주하는 곳은 우리에게 중요하지 않았다. 편견 없이 창의적인 자기표현이 가능한 만남이었다.

관계가 오랫동안 이어지며 활력이 넘치려면 취향이나 인생관, 목표가 비슷해야 했다. 감정을 공유하고 생산적인 결실을 볼 수 있어야 관계가 지속되었다. 공통의 과제와 목표에 참여함으로써 관계가 돈독해졌다. 친밀한 감정 표현만 있는 관계나 결과만 내는 관계는 시간이 지나면서 애정이 줄어들었다. 친밀감은 떨어지지만 함께 결과물을 만들었을 때 관계가 깊어지기도 했고, 친밀감이 있지만 결과가 만족스럽지 않을 때도 있었다. 이런 다양한 경험을 통해 깨달았다. 열린 마음이 나를 더 넓고 깊은 사람으로 만들 수 있다는 것을.

이성과 감성이 함께 작용해야 좋은 삶을 살 수 있다고 하는데, 취향 공동체가 이런 역할을 해주었다. 우리는 원근법과 투시법에 관한 기본 지식이 있고, 낯선 지역을 여행하며 다채롭고 풍부한 문화적 삶을 누리고자 했다. 함께 경험한 것을 사진이나 영상으로 공유했다. 우리는 서로의 표현 욕구를 충족시키며 느슨한 연대를 이어갔다. 그림을 좋아하는 공통된 마음 때문에 만난 시간은 짧았지만 가까워졌다. 어린 시절에 만난 친구와 소원해지는 요즘 이런 생각이 든다. 관계의 깊이는 만난 시간과 비례하지 않는다고.

그림, 책, 달리기 등과 같은 취향을 주고받는 만남이 아닌 일상적인 만남에서 가끔 언행이 경직되곤 했다. 상대방이 계산적인 사람이라는 인상을 받았기 때문이다. 상대가 이해관계를 따지고 있다

는 생각은 흠 없는 좋은 모습만 보여주려 노력하게 했다. 이런 인간
관계는 스트레스를 주기 때문에 피했고, 관심과 상처를 주고받지
않아도 될 만큼의 먼 거리를 유지했다.

하지만 그림 공동체는 달랐다. 그림 자체에만 관심을 둘 수 있었
다. 상대의 이해관계를 고민하기보다 '저 사람은 어떻게 선의 두께
를 조절할까?', '그녀만의 그림 스타일은 무엇일까?', '그는 그림을
그리면서 무엇을 느끼고 생각하고 있을까?'와 같이 그림에 대한
호기심이 강하게 타올랐다. 호기심은 날카로운 이성을 부드럽게
다듬어주었다.

취향이 같은 낯선 사람과 새로운 동네를 걷는 횟수가 늘어갈수
록 서로에 대한 이해의 폭이 넓어졌다. 개인마다 그리고 싶은 것이
다르기에 각자 그리고 싶은 장소에서 그림을 그렸다. 그림을 완성
한 사람은 완성하지 못한 사람을 기다리며 각자의 방식으로 시간
을 보냈다. 누군가는 작은 그림을 그렸고, 다른 누군가는 멍하니 앉
아 지나가는 사람을 관찰했다. 따로 또 같이 그림 여행을 했다. 나
를 존중하듯 상대를 존중하는 태도는 상대와 더 가까워지게 했다.

나에게 낯섦은 두려움이 아니라 설렘이다. 빽빽한 일정표에서
벗어난 취향 공동체는 잠자고 있는 감각을 일으켰다. 깨어난 감각
은 낯선 공간에서 익숙한 것을 보게 했고, 보이지 않았던 것을 볼
수 있게 해주었으며, 흘려들었던 소리에 귀 기울이게 했다. 익숙해

서 무뎌졌던 감각이 되살아나면서 알 수 없는 행복감을 느꼈다. 순간의 행복은 잠시 잊고 있던 감각을 예민하게 해주었다. 누군가에게는 일상적인 풍경일지라도 나에게는 새롭고 신비롭게 다가왔다. 설렘은 내가 살아있음을 느끼게 해준다.

다른 기억, Watercolor on paper, 38×33.5cm, 2022)

물들면

완성을 위한 노력

패션의 완성은 얼굴이라고 생각했다. 키 크고 잘생긴 사람, 날씬하고 예쁜 사람에게 시선을 빼앗겼다. 보고만 있어도 기분이 좋아졌고, 그들과 대화를 나누면 나도 그들의 외모를 소유한 것 같은 착각에 사로잡혔다. 착각의 늪에서 허우적대던 나는 그들과의 대화를 마치고 집으로 돌아오면서 깨달았다. 화장실 거울 앞에서 허물을 벗고 서 있는 내가 나라는 것을. 내가 그들과 같을 수 없음을. 패션 센스를 덧입혔다고 해서 '아름답다'고 말할 수 없다는 것을.

나는 결혼 19년차이고 세 아이의 엄마다. 외모는 볼 줄 알지만 바뀐 점이 있다. 남녀 상관없이 내면이 매력적인 사람에게 끌렸다. 외모는 외부적인 힘인 성형을 통해 어느 정도 업그레이드할 수 있지만 내면은 외부적인 힘으로 업그레이드되기 어렵다. 자신이 경험한 희로애락을 통한 깨달음, 불완전한 존재인 나와 너의 다름을 인정하는 태도, 인정 후에 찾아오는 감사의 자세, 세상과 사람을 겸손하게 바라볼 줄 아는 여유. 이런 매력은 한 번의 노력으로는 얻기 어려운 것들이다. 자신에게 시간을 주고 노력을 기울여야 한다. 자기성찰과 타인의 적절한 도움으로 내면이 아름다워질 수 있다.

패션의 완성은 내면에 있었다. 내면의 아름다움이 빛나야 외모 또한 윤기를 풍길 수 있다. 2016년, 내면이 아름다운 그녀를 만났다. 짧은 대화와 순간의 행동만으로도 타인을 향한 배려와 애씀이 느껴졌다. 내면의 순수함을 드러내려 하지 않아도 드러났다. 세상과 다른 사람을 아끼듯 자신을 아낄 줄 알았다. 자신에게 너그럽듯 상대에게 너그러웠다. 솔직한 자세로 일상을 살아가려 노력했다. 자신의 한계를 알기에 지킬 수 없는 약속은 하지 않았고 약속한 것에는 책임을 다했다. 자신의 단점을 이야기하는 것에 거리낌이 없었고, 단점을 극복하는 지금에 진심이었다.

그녀와의 만남은 나에게 안정감을 주었고, 인생 선배로서 닮고 싶은 사람이다. 닮고자 하는 간절함은 나를 어제보다 0.1밀리미터 성숙한 사람으로 만들고 있다.

덧없는 것, Acrylic on paper, 14×21cm, 2024

"나이들수록 깔끔하게 입고 다녀야 해."

엄마의 이 말이 옳았다. 내면의 아름다움을 가꾸면서 외모를 가꾸는 것도 시작했다. 반짝이는 마음은 좋지만 기름진 머리카락은 싫다. 외모를 가꾸기 위해 한 달에 한 번씩 미용실에 간다. 푸석해진 머리카락에 영양을 주기도 하고, 자연스러운 웨이브 파마를 하기도 하며, 찰랑거리는 생머리를 연출하기도 한다. 여름이면 네일 샵에서 손톱과 발톱에 생기를 불어넣고, 다른 계절에는 집에서 일주일에 한 번씩 영양제를 바른다. 지루성피부염 때문에 아이들이 바르는 로션을 사용하지만, 저녁마다 1,500원의 마스크 팩으로 나름의 관리를 한다. 주말을 제외한 저녁 6시 이후에는 음식을 섭취하지 않는다.

사람들이 수척하고 주름진 얼굴을 비하했던 사람, 수염이 없는 깔끔한 얼굴이었지만 열한 살 소녀의 조언대로 수염을 기른 사람, 겉으로 표현되는 턱수염이 트레이드마크가 된 사람. 그는 미국의 16대 대통령 에이브러햄 링컨이다. 어린 소녀의 조언도 겸허하게 수용했던 그의 아름다운 내면이 턱수염을 더욱 빛나게 한 것은 아닐까.

나는 내면을 가꾸는 데 명상, 모닝페이지와 감사일기를 쓰는 것, 그리고 독서를 활용한다. 미용실과 네일샵, 마스크 팩으로 외모를 가꾸는 데도 노력을 아끼지 않는다. 이 모든 것은 내면과 외면의 완벽한 조화를 위한 노력이다. 이보다 더 좋은 것이 무엇이 있을까.

물들면

자아와의 만남, Watercolor on paper, 35×43cm, 2022

나를 지키기 위한 거리

사람은 관계 안에서 존재한다. 관계를 통해 나다워질 수 있고, 타인 그리고 사회와 그럭저럭 살 수 있다. 하지만 모든 관계가 그런 것은 아니다. 폭력적인 아버지, 무책임한 어머니, 상식 밖의 언행을 하는 선배, 작정하고 괴롭히는 직장상사, 극도로 소리에 예민한 아랫집 사람과 같은 관계는 사람의 영혼을 갉아먹는다.

사람과 세상 모두 불완전하다. 불완전하다고 불평만 한다면 세상에 하나뿐인 자신을 학대하는 것과 같다. 불평이 부정적인 기운을 몰고 오고 성장을 방해한다. 불평의 소용돌이로부터 탈출하기 위해서는 자신을 사랑해야 한다. 상투적인 말이다. 그러나 상투적인 표현이 된 이유가 있다. 우리는 하찮은 존재가 아닌 소중한 존재다. 자신을 사랑하려는 애씀은 가치 있다. 나를 사랑하기 위해서는 환경이 아닌 나에게 집중해야 한다. 나와의 거리가 중요하다.

"우울증입니다."

11년 전쯤, 정신과 선생님이 나에게 진단명을 말했다. 어느 정도 짐작하고 있었기에 놀랄 일은 아니었다. 선생님의 지시에 따라 약을 먹었고 심리 상담을 받았다. 한여름에 시작된 치료가 늦가을에 끝났다. 치료를 마치고 안정적인 일상생활을 하기까지 얼마간의 시간이 더 필요했다.

무언가에 몰입해야 우울감이 옅어졌다. 세 아이의 교육에 몰입하기 시작했다. 아이들의 육아와 학업에 온몸과 마음을 바치던 열혈 극성 엄마였다. 큰아이가 초등학생임에도 불구하고 고등학생과 같은 공부량과 집중을 요구했다. 아이는 잘 따라주었다. 엄마를 사랑하니까. 5학년이 된 첫째가 조금씩 힘들다고 이야기하기 시작했다. 그럴 때마다 아이의 마음과 환경을 살펴보기 위해 멈췄다. 짧다면 짧고 길다면 긴 우울증으로 인해 아이들에게 상처를 주었을 수 있다는 죄책감 때문에 멈춤이 가능했다.

첫째아이를 통해 깨달았다. 부모가 아닌 학부모의 마음이 커지면 아이도 부모도 힘들다는 것을. 부모의 마음을 키우기 위해 아이가 아닌 나에게 집중했다. 집중하기 위해서는 내가 좋아하는 것을 알아야 했다. 좋아하는 것을 할 때 우울감과 불안감이 줄어들었다.

자연과 나를 사랑한다, Gouache on paper, 9×11cm, 2024

물들면

친정아버지를 통해 나는 그림을 그릴 때 행복하고 그림에 담긴 이야기를 쓸 때 나와 마주할 수 있다는 것을 알게 되었다. 시간이 허락될 때마다 그림을 그렸고 글을 썼다.

반복적인 행동의 축적은 두 가지 중요한 깨달음을 안겨주었다. 나는 내 모습을 숨길 필요가 없으며, 비교할 수 없는 유일한 존재라는 것을. 불완전한 나를 있는 그대로 받아들였다. 나를 들여다보고 받아들이고 이해하려는 마음이 커질수록 자기 객관화의 힘이 세졌다. 타인을 바라보듯 나를 객관적으로 바라보려는 힘이 생겼다. 나와 잘 지내지 못하면 타인과도 잘 지내지 못한다. 소중한 존재인 나와 잘 지내야 다른 사람과의 관계도 좋아질 수 있다. 나와 타인과의 거리, 사회와의 거리도 중요하지만, 가장 중요한 것은 나와 나의 거리다.

나와의 거리가 안정적이어야만 불완전한 모든 것에서 나와 사랑하는 사람들을 지킬 힘이 생긴다. 이전보다 강해진 마음은 불완전한 세상이 잔인한 문제를 내더라도 감정에 매몰되지 않고 해결책을 찾게 했다. 문제를 풀어나가는 과정과 결과가 쌓일수록 불평이 아닌, 나에 대한 믿음 점수가 올라갔다. 나의 노력으로 어느 정도 바꿀 수 있다는 것을 경험했기 때문이다.

"나에게 집중할 시간에 돈 공부를 하는 것이 더 좋아."

언니는 자신과의 거리가 안정적이라고 해서 돈과 명예를 얻을 수 있는 것은 아니라고 했다. 자신보다 돈을 더 사랑하는 언니가 안쓰러웠다. 언니의 생각은 언니의 인생에서 맞을 수 있지만 나는 다르다. 우울증이었던 무직의 아이 셋 엄마가 화가와 작가라는 타이틀을 얻고 일을 할 수 있게 된 것을 보면 나와의 거리가 적당한 것은 아닐까. 덕분에 어느 정도의 돈과 명예도 얻었으니.

나를 지키기 위한 거리, Gouache on paper, 10×12cm, 2024

나누기를 선택했다

봉사활동 하면 제일 먼저 떠오르는 장면이 있다. 중학교 시절, 한 보호시설에서 봉사활동을 했다. 중학교 1학년 때 몸이 불편한 아이들을 돌보는 시설에 갔는데, 그곳에는 3명의 선생님이 계셨다. 그분들이 30명이 넘는 아이들을 돌보고 있었고, 그 아이들을 씻기는 것이 여의치 않았다. 외부의 도움이 필요했던 담당 선생님이 내가 다니던 교회에 봉사활동을 요청했다. 교회 선생님이 봉사활동 신청자들을 데리고 보호시설로 갔다.

처음에는 다른 사람의 몸을 씻기고 옷을 갈아입히는 것에 거부감이 들었다. 그러나 시간이 지날수록 익숙해졌다.

봉사를 마치고 샤워를 한 후 깨끗한 옷으로 갈아입은 아이들을 바라보자 내 마음이 따뜻해졌다. 생각하는 대로 움직일 수 있다는 것, 생각한 것을 언어로 표현할 수 있다는 것, 부모님의 따뜻한 보살핌으로 매일을 살아가고 있다는 것, 원하는 것을 살 수 있는 물질이 있다는 것. 봉사활동은 이 모든 것이 당연하지 않다는 것을 깨닫게 했다.

시간이 흘러 스물네 살이 되었다. 배움이 필요한 아이들을 위해 그림 봉사하러 가는 날이었다. 개인이 운영하는 작은 도서관이었다. 도서관 문을 열고 들어가자 초등학생 10명 정도가 작은 책상에 앉아 있었다. 준비해 간 재료를 꺼내 아이들과 간단한 드로잉을 한 후 채색 작업을 진행했다. 미술학원에 다니고 싶은데 돈이 없어서 다니지 못한다는 아이, 갖고 싶은 장난감이 있지만 엄마에게 말하면 혼난다며 그 장난감을 그리고 싶다는 아이, 배에서 꼬르륵 소리가 나서 배가 고픈지 물어보자 날카롭게 쳐다보는 아이. 마음과 환경이 모두 달랐다.

수업을 마치고 아이들과 함께 단체 사진을 찍은 후 도서관을 나서는데 마음이 무거웠다. 근처에 있던 슈퍼마켓에 들러 아이들이 좋아할 만한 과자와 아이스크림을 사서 도서관으로 향했다. 간식을 본 아이들의 얼굴은 그림 수업을 받을 때보다 환하게 빛났다. 아이들에게 간식을 사줄 수 있는 돈이 있었다는 것, 아이들이 기쁜 마뒤를 돌아보며 앞을 헤아린다, Marker and digital painting on paper, 26×30cm, 2023

음으로 내 선물을 받아주었다는 것, 그런 아이들을 보며 나 역시 기뻐할 수 있다는 것이 감사했다.

'방수진 선생님, 저 미대 입시를 준비하고 있어요.'

여름날에 열어본 메일함에 이런 제목의 글이 있었다. 도서관에 그림 봉사하러 갔을 때 초등학생이던 여자아이가 보낸 글이었다. 미술학원에 다니기 힘든 가정형편이지만 딱 1년만 미술학원에 보내달라는 아이의 소원을 엄마가 들어주셨고, 입시 그림을 그리고 있는 요즘이 너무나 행복하다는 글이었다. 미술학원에 다니고 싶어하던 그 아이가 자신이 처한 환경의 어려움을 짊어지고 꿈을 향해 걸어가고 있다는 사실이 나를 일으켜 세웠다.

나는 마음이 아프다는 이유로 가족과 다른 사람들의 마음마저 아프게 하는 것은 아닌지, 주어진 재능이 보잘것없다고 여기며 숨기려 하는 것은 아닌지 겸허히 돌아보는 시간이 나에게 알려주었다. 누군가에게 나눠주는 것이 마이너스가 아닌 플러스의 삶이라는 것을. 다른 사람을 통해 나에게 없는 것을 얻을 수 있고, 있는 것은 나누면 배가 된다는 것을. 삶은 나눌 때 빛난다는 것을. 주변 사람들 때문에 힘든 것이 아니라 나 때문에 힘들다는 것을. 나의 적은 나 자신이었다.

메일을 보낸 아이가 지금은 어느 곳에서 무엇을 하며 살고 있을까? 부디 나보다 건강한 어른으로 살아가고 있으면 좋겠다.

완성을 위한 노력, Marker on paper, 13×13cm, 2023

가진 것이 많은데 나누지 못하는 것은 가난한 것이다.

아름다운 나눔은 마음의 여유에서 나온다.

무엇보다 마음을 지켜야 한다.

Chapter 3

나는 행복한 집사입니다

함께여서 좋은

'휘게.'

덴마크어와 노르웨이어로 편안함을 일컫는 명사다. 내가 좋아하는 감정 단어는 '편안함'이다. 편안하기 위해서 하는 행동 중 하나가 걷기다. 선한 것과 악한 것, 선하지도 악하지도 않은 것, 옳은 것과 그른 것, 옳지도 그르지도 않은 것이 가득한 인생에서 마음을 지키기 위해 매일 걷는다. 푸른 하늘 아래 햇살을 듬뿍 받는다. 자연이 준 선물을 누리며 집 안의 미지근한 공기에서 벗어나 상쾌한 공기를 마신다.

걸으면서 타인의 대화를 들으며 생각을 확장하고 본 것을 통해 새로운 아이디어를 얻는다. 바람의 세기와 나뭇잎의 촉감을 느끼며 감각을 세심하게 갈고닦는다. 걷다 보면 마음이 편안해지고 활력을 얻는다. 편안한 마음으로 집으로 돌아와 일상을 보낸다. 24시간 중 30분에서 1시간의 산책은 어떻게 살아가야 할지에 대한 나만의 가이드가 된다.

걷지 않는 날에는 생각이 둔해지고 불안감이 다가온다. 예상하지 못한 타인의 무례한 언행과 작은 사건에 감정적으로 반응하게 된다. 감정을 배제한 후 객관적인 사실을 면밀하게 살피고 해결책을 찾아야 한다는 것이 머릿속의 어딘가에만 저장되어 있을 뿐이다. 초라하고 시시한 내가 아닌 말쑥하고 성숙한 나를 만들 수 있는 사람은 타인이 아니라 나 자신이다. 나를 위해 걷는다. 걷기를 하루만 하지 않아도 무너지는 나를 알기 때문에 운동화 끈을 묶고 현관문을 연다.

'뱀 출몰 주의'

한번은 산책하다가 뱀 출몰 지역이니 안전사고 예방을 위해 주의하라는 안내문을 발견했다. 아름답고 한적하다고 느낀 산책길이 스산하고 무서워졌다. 안내문이 없는 산책로를 선택해도 되었지만, 호기심에 뱀이 출몰할 수도 있는 산책로를 선택했다. 바람에 흔들리는 나뭇가지를 보면 뱀이 있는 것은 아닌지 눈을 크게 떴다. 발밑에 호스처럼 생긴 긴 물체가 있는 것은 아닌지 살피느라 신경이 곤두섰다. 산책 같지 않은 산책을 마치며 다짐했다. 호기심이 수명을 단축할 수도 있으니 자제하자.

삶의 흐름 잡기, Acrylic on paper, 10×11cm, 2024

물들면

그날 저녁, 남편과 함께 안전한 산책로로 향했다. 몸을 바르게 세우고 정면을 보며 서로의 속도에 맞춰 걸었다. 척추와 머리를 곧게 세우고 걸으면 가슴도 펴져 숨이 더 잘 쉬어졌다. 팔꿈치를 가볍게 구부리고 흔들었다. 뱀이 출몰하지 않는 산책로를 걷는다는 것, 혼자가 아닌 둘이 걷는다는 것, 걸으면서 서로의 생각과 감정을 나눌 수 있다는 것, 희망의 내일을 함께 그려나갈 수 있다는 것, 함께 걷고 있는 순간에 서로 감사한다는 것, 남은 인생을 함께 걸어갈 사람이 있다는 것. 지갑은 가볍지만, 마음은 두둑했다.

산책 후 집으로 돌아와 따뜻한 차 한 잔을 마셨다. 마주앉은 남편의 배가 눈에 들어왔다. 날렵한 턱선과 단단한 몸매였던 청년이 해변에서 사용하는 큰 튜브가 생각나는 배 나온 중년의 아저씨가 되었다. 매일 걷는 아내 덕분에 남편도 매일 걷기를 하고 있다. 몸무게가 빠지는 것은 바라지도 않는다. 건강을 위해 더 찌지 않기를 바랄 뿐이다. 남편과 몸무게를 재보았다. 남편의 몸무게가 그대로다. 정말 다행이다. 걷기 습관이 나에게는 편안함을 주고 남편에게는 건강을 주고 있다.

우리 부부는 환경, 날씨와 상관없이 걷는 습관을 통해 마음과 몸 건강을 유지하고 있다. 건강하고 질 높은 삶을 위해 편한 운동화를 신고 나간다. 이번에는 안전한 길로.

함께여서 좋은, Watercolor on paper, 27×32.5cm, 2022

이런 날에도 아아

'어른들은 쓴 커피를 왜 마시지?'

중학생 시절 엄마가 손님에게 대접하기 위해 준비하신 커피를 한 모금 마셔보았다. 쓴맛이 미간을 찡그리게 했다. 한약처럼 쓴 커피를 마시는 어른들을 이해할 수 없다고 말씀드렸다. 엄마는 커피 맛을 알게 된 때가 어른이 되었다는 신호일 수 있겠다며 미소를 지으셨다. 중학교 때 받은 성적표를 보며 공부의 쓴맛을 느끼곤 했다. 내가 공부의 쓴맛을 느꼈듯이 어른들은 인생의 쓴맛을 커피에서 느끼는 것은 아닐까? 중학생의 짐작이었다.

중학생의 짐작이 어느 정도 맞았다. 대학을 졸업한 후 정글과 같은 사회에서 살아남기 위해 애쓰자 커피는 더 이상 쓰지 않은 음료수였다. 단맛, 짠맛, 신맛, 쓴맛, 감칠맛이 어우러진 인생의 맛을 중화시켜주는 것은 커피였다. 그중에서도 아이스 아메리카노는 인생의 중화제 역할을 톡톡히 했다.

"아이스 아메리카노 주세요."

청량한 산미와 쓴맛, 약간의 단맛을 느끼기 위해 카페로 향했다. 감미로운 팝송을 들을 수 있는 쾌적한 카페의 문을 열었다. 밥 한 끼 값인 커피지만 가격 이상의 가치가 있다. 주문과 동시에 바리스타는 잘 갈린 커피콩의 맛과 향을 에스프레소 잔에 담아냈다. 그 후 네모난 얼음 조각을 테이크아웃 컵에 담고 뜨거운 아메리카노를 조심스럽게 부었다. 진한 커피 향이 가득한 커피를 건네받고 집으로 돌아가는 길에 함박눈이 내렸다.

시린 이 때문에 미지근한 물로 양치하시는 부모님이 나를 이해하지 못해도, 겨울에는 따뜻한 아메리카노만 마시던 외국인 친구가 고개를 갸우뚱해도 나의 선택은 언제나 아이스 아메리카노였다. 겨울에 차가운 커피를 마시는 것은 하루를 버틴 나의 의지를 칭찬하는 행위이자 다가올 내일을 준비하는 일이었다.

이런 날에도 아아, Acrylic on paper, 9×11cm, 2024

인생은 불행한 엑스트라 역할을 주기도 했고, 행운의 주인공 역할에 놓이게도 했으며, 반짝이는 주인공 옆의 조연을 감당하게 하기도 했다. 여러 경험을 통해 작은 깨달음을 얻었다. 죽기 전까지 다양한 역할을 맡을 것이고 역할이 준 경험을 통해 나만의 세계가 만들어진다는 것, 나의 세계를 존중해야 타인의 세계도 존중할 수 있다는 것, 다른 사람과 나는 다르다는 것, 인생의 맛이 깊어질수록 내가 만든 세계는 약하고 부족하다는 사실을 알게 된다는 것. 경험이 나를 겸손해지게 했다.

인생은 짓궂은 선생님이었다. 24시간 안에 엑스트라, 주인공, 조연의 역할을 감당해야 할 때도 있었다. 그런 날은 샷을 추가한 아이스 아메리카노를 마시며 오늘을 살아냈다. 커피의 쓴맛을 즐길 줄 아는 어른이 되었다.

커피의 쓴맛을 즐기는 것도 잠시였다. 쓴맛을 추가해도 이전처럼 쓰지 않은 미각을 느끼며 늙는다는 것을 실감했다. 둔해진 것이 미각뿐만이 아니었다. 얼어 죽어도 아이스 아메리카노만 마셨던 청년이 더워 죽어도 따뜻한 아메리카노만 마시는 중년이 되었다. 언젠가는 커피 한 잔만 마셔도 잠을 자지 못하는 날이 올 수도 있겠지. 그런 날이 오면 도망가지 않고 쿨하게 '안녕!' 인사하고 싶다.

빵지순례 중입니다

실패와 좌절에 직면하며 살고 있다. 때로는 한계를 느끼는 날이 있었고, 예측할 수 없던 사건이나 사고로 인해 스스로 의심하는 날도 있었다. 반복적으로 성공과 실패를 겪으며, 자신을 성찰하는 시간과 여유가 부족했다. 주변에서는 모두가 그런 삶을 살고 있으니 유난스럽게 굴지 말라고 말했지만 내 마음에 닿지 않았다.

이성적으로 이해하려고 애쓰지만 감정은 정직했다. 감정이 신체 반응을 일으켰다. 지루성피부염으로 한 달에 한 번 먹었던 약을 일주일에 한 번씩 먹었고 식욕이 점점 사라졌다. 배고픔을 느끼지 않으면 끼니를 거르기 일쑤였고, 배가 고프면 밥을 먹었지만 몇 숟가락 먹으면 배가 불러 식탁에서 일어났다. 불규칙한 식사로 위가 쓰렸고, 아프니 약을 먹었다. 먹는 약의 종류와 개수가 늘어갔다.

그러던 중 아버지의 유언에 따라 다시 그림을 그렸다. 그림을 그리는 과정을 통해 나 자신을 발견했고, 각기 다른 상황에서 내 모습을 인정하게 되었다. 타인에게 해를 끼치지 않는 한 나만의 방식으로 살아가도 괜찮다는 안도감이 생겼고, 기존의 공허함은 점차 희미해졌다.

남은 인생을 이끌어 갈 사람은 '나'이기에 마음이 이끄는 것을 하기 시작했다. 그림을 그릴수록 나에 대한 의심이 사라져 갔다. 그 남은 공간에는 나를 사랑하는 마음이 차올랐다. 나를 사랑하는 마음이 커질수록 나만 사랑하는 것을 경계하게 되었다. 나에 대한 사랑이 타인과 세상에 대한 사랑으로 향했다. 물이 위에서 아래로 흘러가는 것처럼 당연한 흐름이었다.

여전히 식욕이 부진하지만 유일하게 먹고 싶은 것이 있다. 바로 '빵'이다. 좋아하는 것을 나에게 선물하고 싶었다. 나의 가능한 자원과 시간을 살펴보았다. 평일에는 아이 셋과 일에 집중해야 하기에 시간적인 여유가 없다. 주말이라도 토요일만 오전 9시부터 오후 3시 전까지 자유롭게 시간을 사용할 수 있고 10만 원 이하의 예산을 투자할 수 있었다. 저녁이 되면 초록색 창의 힘을 빌려 유명한 빵과 빵집을 검색했다. 서울 외곽의 빵집을 검색했다. 자연이 주는 여유를 느끼며 빵을 먹고 싶었다.

'빵지순례'

블로거들의 자세한 설명 덕분에 빵의 맛과 빵집 분위기를 머릿속에 그려볼 수 있었다. 유명 연예인이 소개한 빵집의 빵과 그곳에서 제공하는 초당옥수수 수프를 시작으로 나만의 빵지순례가 시작되었다. 초당옥수수 수프를 먹기 위해 오전 9시에 도착해서 줄을 섰다. 시간이 돈이라고 생각해서 기다리는 상황을 싫어하지만 빵을 먹기 위해 기다렸다. 나에게는 큰 결심이었다. 기다리다 먹는 빵과 초당옥수수 수프는 상상 이상이었다. 따뜻한 수프와 담백하면서도 달콤한 빵의 조화 덕분에 만족스러운 시작점을 찍을 수 있었다.

다음 목적지는 속초에 있는 빵집이었다. 고즈넉한 한옥 카페로 은은한 나무 향기를 풍기는 곳이었다. 단호박 카스텔라, 사과빵, 마늘 바게트를 먹었다. 달콤하고 폭신하고 부드러운 식감이 장시간의 운전으로 지친 몸과 마음의 에너지를 높여주었다. 에너지가 충전되자 다음에 방문할 빵집을 검색하기 시작했다. 다음은 어디로 갈까?

빵, 창문이 되다, Mixed media on paper, 42×51cm, 2022

일상에 쉼표를 찍을 때

2016년, 일상에서 잠시 벗어나 쉬고 싶었다. 세 아이와 말레이시아 한 달 살기를 결정했다.

인천공항에 도착하자 남편 없이 어린 아이들을 보살펴야 한다는 책임감이 어깨를 무겁게 눌렀다. 아이들의 모든 움직임이 시야에 들어왔다. 남편의 걱정을 덜어주기 위해 씩씩한 목소리로 도착하면 전화하겠다는 말을 남기고 우리는 출국장으로 들어갔다. 면세점 구경으로 눈 호강을 하고 싶었지만 아이들을 지켜야 한다는 생각에 마음의 여유가 없었다.

울창한 빌딩 숲과 익숙한 커피숍 그리고 한국 음식점이 있는 쿠알라룸푸르에 도착했다. 서울과 닮은 시내의 모습이 긴장감을 덜어주었다. 더 시그니처 레지던스 호텔의 깔끔한 시설과 서비스가 안도감을 주었다.

우리는 패밀리 스위트룸에서 한 달 동안 머물렀고, 일주일에 한 번씩 호텔 건너편의 쇼핑몰에서 열리는 장을 즐겼다. 한국분이 만든 김밥, 떡볶이, 김치전을 먹을 수 있었고, 다양한 말레이시아 음식과 장신구, 옷을 구경할 수 있었다. 차량 공유 서비스인 그랩을 이용해 아이들과 트윈타워, KLCC공원, 수리아KLCC, 아쿠아리아 KLCC, 버드파크, 국립 모스크, 시티갤러리, 페르나다식물원, 페트로사인스, 므르데카광장 등을 구경했고 반딧불이 체험도 했다. 도장 깨기를 하듯 호텔 주변의 말레이시아 음식점들을 방문했고, 쇼핑몰 안의 미용실에서 아이들의 길어진 머리카락을 잘랐다. 추억이 촘촘히 쌓여갔다.

추억이 쌓일수록 마음에 여백이 생겼고 머리로만 알고 있던 문장이 마음에 닿았다. 일상에서 쉼표가 필요하다는 것, 쉬지 않고 앞만 보고 달려가면 언젠가는 묵혀 두었던 스트레스로 몸과 마음이 지쳐 일의 효율성이 떨어진다는 것. 한국으로 돌아온 후 쉼의 방법이 바뀌었다.

"이번 주말은 호캉스다!"

아이들이 클수록 학업 시간이 늘어나다 보니 강원도와 제주도 여행이 여의치 않았다. 그러나 일상에 쉼표가 필요하다는 것을 알

쉼이 왔다, Acrylic on paper, 10×8.5cm, 2024

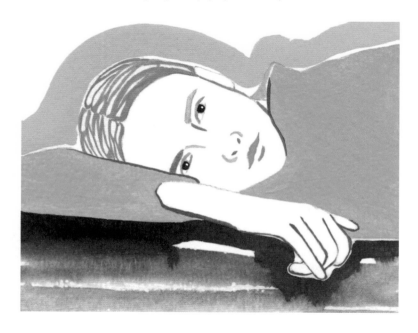

고 있었기에 가능한 방법을 찾아냈고, 그것은 '호캉스'였다. 아이들의 학원 수업을 마친 후 호텔에 도착하면 세 아이와 남편은 수영복으로 갈아입고 수영장으로 갔다. 가족이 돌아오기 전까지 3시간의 여유 시간이 나에게 주어졌다. 그 시간 동안 호텔 방에서 반신욕을 하고 TV를 보며 뒹굴었다. 저녁 7시가 되면 저녁을 먹은 후 다시 방으로 돌아왔다. 아이들은 그동안 하지 못했던 게임을 신나게 했고, 나와 남편은 나란히 앉아 창밖을 보며 이런저런 이야기를 나누었다.

나와 다른 의견을 제시하는 남편의 말에 뾰족하게 반응했던 평일과 달리 주말 호캉스에서는 말의 모양이 둥글어졌다. 둥근 대화는 서로의 의견에 경청하게 했고 견해 차이를 좁혀가게 했다. 남편과 마주보며 나누는 대화가 즐거웠다. 우리의 웃음소리가 점점 커졌다. 아이들이 자기들 몰래 즐거운 계획을 세우는 줄 알고 다가왔다. 눈에 넣어도 아프지 않은 세 아이다.

나와 가족을 위해 시작한 호캉스가 일상의 여백을 주었다. 여백은 서로를 배려하고 있다는 믿음과 주어진 것에 대한 감사를 느끼게 했다. 일상의 쉼이 중요함을 알기에 다음달에도 호캉스를 간다. 아직 호텔 무료 이용권이 남아 있어서 다행이다.

너와 나의 쉼, Watercolor on paper, 117×91cm, 2022

마음을 놓고 하루

　삶의 질을 높이기 위해 루틴을 만들었다. 루틴은 중요하지만, 자신을 살피지 않는 루틴은 잘못 처방된 약과 같다. 쉬어야 하는 순간이 찾아왔지만 괜찮다고 생각하며 이전과 같은 일정을 소화했다. 나를 위한 습관이 나를 해치고 있음을 자각하지 못한 채 계획표에 따라 움직이는 시간의 노예가 되어가고 있었다. 시간의 노예가 아닌 주인이 되기 위해 내 몸을 살펴보았다. 지루성피부염 약을 일주일 동안 먹었고, 비염과 축농증이 심해져 항생제를 나흘 동안 먹고 있었다. 인생의 일시정지 버튼을 눌렀다.

　스케줄에 맞춰 움직이던 뇌 회로들을 차단하고 최대한 게으른 사람이 되기로 했다. 연식이 오래된 로봇의 녹슨 부분을 닦아내고

망가진 부품은 교체하듯 묵혀 둔 생각은 비우기로 했다. 먼저 두려움이라는 감정을 벗어야 했다. 왜 두려움을 느끼고 있는 걸까? 불투명한 미래에 대한 욕심과 욕망 때문이었다. 삶에 대한 집착이 강해지고 있었다. 집착에서 벗어나기 위해 환기가 필요했다. 몸을 움직여야 했다. 당일치기 여행을 떠났다. 그렇게 선택한 곳은 남한산성이었다.

시원한 계곡물에 발을 담그고 따뜻한 아메리카노를 한 모금 마신 후 입안에서 사르르 녹는 카스텔라를 먹었다. 입이 즐거워졌다. 졸졸 흐르는 계곡물을 멍하니 바라보았다. 눈을 유혹하는 모든 것을 차단하고 물멍을 하자 눈이 즐거워졌다. 40분 전과 후의 내 모습이 다를 수 있다는 것, 마음먹고 행동으로 옮길 수 있는 의지가 있다는 것, 당일치기 여행을 올 수 있는 여유가 있다는 것, 모든 것이 감사했다. 마음이 즐거워졌다. 살랑살랑 바람이 불 때마다 나뭇잎들이 부대끼는 소리가 들려왔다. 나를 위해 군무를 추고 있는 것 같았다. 귀가 즐거워졌다.

보고 듣고 맛보고 느끼는 것이 하나가 된 순간, 집착에서 벗어난 내가 보였다. 크게 보였던 일이 별일도 아니었다. 부지런한 사람이라 생각했는데 아니었다. 바쁜 사람일 뿐이었다. 알아차림은 욕심과 욕망을 내려놓게 했다. 마음이 편안했다. 좁은 생각에서 벗어나자 마음이 넓어졌다.

자유롭게 살아도 괜찮다는 생각이 나에게 새로운 자신감을 주었다. "모든 것은 마음에서 시작된다."라는 평범한 말이 갑자기 마음에 와닿았다. 내가 처한 상황과 조건을 되짚어보며 일상으로 돌아갈 때 어떻게 살아가야 하는지를 나에게 질문했다. 어제보다 더 나은 오늘을 살아가기 위해 어떤 감정을, 어떤 생각을, 어떤 행동을 해야 할까?

해답을 찾으려 머리를 굴리는 내 모습이 물 위에 비쳤다. 생각을 사로잡으려 애쓰는 표정이었다. 과도한 생각은 정신 건강에 해롭다. 지나친 고민은 오히려 긍정적인 방향으로 나아가는 것을 방해하고, 정신적 에너지를 낭비하게 만든다. 인생의 작은 즐거움을 느끼지 못한다. 생각에 사로잡히지 않기 위해 하늘을 쳐다보며 생각을 정리했다. 내가 무엇에 초점을 맞춰 살아가느냐 따라 절망에 직면할 수도 기쁨을 만끽할 수도 있다.

속도보다 일상 속의 아름다움을 느끼며 살자. 잠깐의 여유로 정신적 에너지를 체크하고 충전하자. 충전한 후 흔들리지 말고 나아가자.

복잡했던 마음이 당일 여행으로 한결 가벼워졌다. 비움과 채움의 비율을 적당히 맞추려는 내가 다시 살아나서 다행이었다.

일상은 머리가 행동을 이끌게 하지만, 여행은 행동이 머리를 이끌게 한다. 인생을 여행처럼 살라고 하는데, 지금처럼 때에 따라 주어를 자유자재로 바꾸다 보면 인생 여행의 풍미를 느낄 수 있지 않을까. 어떤 날은 주어를 머리로 하고 또 다른 날은 행동으로 하면서 나만의 인생을 걸어가면 되지 않을까. 남은 인생의 주인공은 '나'라는 책임감을 장착하고 다시 일상으로 돌아간다.

다시 일상에 물든다.

밤의 테라스

방학이 되면 아이들과 함께 해외 한 달 살기를 했다. 해외 교육에 대한 호기심과 현실 도피가 이유였다. 해외에서 만난 한국 부모들 또한 자신만의 이유로 한 달 살기를 하고 있었다.

한국의 국제학교에 다니면서 방학이 되면 아이와 자신의 휴식을 위해 여행하러 온 가족, 남편이 주재원으로 근무하고 있어 해외에서 거주하고 있는 가족, 한국에서 국제학교를 보낼 조건이 되지 않아 해외의 국제학교를 알아보기 위해 방문한 가족, 한국 생활에 만족하지만 해외에서 사업하고 있는 남편을 따라 와야 했던 가족, 세상 보는 안목을 넓혀주기 위해 여러 나라를 여행 중인 가족, 아이의 영어 학습 증진과 자신의 영어 공부를 위해 여행하러 온 가족, 해외

이주 전에 거주할 곳과 아이가 다닐 학교를 알아보고 있는 가족. 여행의 목적과 여행자의 마음은 모두 달랐지만 한국인이라는 공통점은 *끈끈한* 관계를 맺게 했다.

"딩동!"

꽤 한 달 살기를 할 때였다. 매해 휴가도 반납하고 일에만 몰두하던 남편이 왔다. 가족을 위해 앞만 보고 달린 그에게 찾아온 몇 년 만의 휴식이었다. 사흘의 휴가였지만 해외에서도 일하느라 바빴다. 노트북을 두드리고 있던 그가 얼굴을 찡그렸다. 그의 눈가 주름살에는 삶의 무게가 새겨져 있었다. 사람이 나무 옆에서 쉬고 있다는 뜻을 표현한 쉴 휴(休). 풍성한 초록 나뭇잎을 자랑하는 나무와 잔잔히 빛나는 에메랄드빛 바다가 옆에 있었지만 그는 볼 수 없었다. 그의 여행 목적은 쉼이 아니라 일이었을까? 고개를 들어 주변을 살펴볼 여유가 없는 남편이 안쓰러웠다.

아이들이 잠든 밤, 까다로운 일로 속이 타는 남편의 열기가 식기 바라며 시원한 얼음물을 건넸다. 에어컨의 인공 바람이 아닌 자연 바람을 쐬고 싶어 하는 그와 함께 테라스로 나갔다. 우리는 의자에 나란히 앉았다. 세상일로 너덜너덜해진 그의 마음을 달래주고 싶었다. 가족이 아니라 당신을 위한 시간이 필요하다고, 자신을 돌보면서 걸어야 멀리 갈 수 있다고, 가족 여행의 추억이 매섭게 불어오는 인생의 태풍을 막아주는 우산이 될 거라고. 그동안 애썼다고, 고

삶의 무게에 가려지다, Watercolor on paper, 11×13cm, 2024

맙다고, 사랑한다고. 이런 마음이 전달되기를 바라며 차분히 이야기를 이어갔다. 남편은 말없이 고개를 끄덕거렸다.

내 말을 가만히 듣고 있던 남편이 잠시 후 입을 열었다. 내 이야기를 들으니 자신의 생활이 보인다고 했다. 아침마다 무거운 몸을 일으켜 출근하고 진한 커피를 마신 후 주어진 일을 감당한다. 전투적으로 세상일에 몰입하는 줄도 모르다가 퇴근시간이 다가오지만 해결해야 하는 일 때문에 회사 문밖을 나가지 못한다. 집에 돌아와 가족들과 대화를 나누고 싶지만 지쳐버린 몸을 누이기 바쁘다.

힘든 순간이 찾아오면 누구나 이렇게 사는 것이라 말하며 자신을 밀어붙인다. 몸과 마음이 일상에 길들여 있어서 어떻게 쉬어야 하는지 모르겠다고 말하는 그의 눈빛이 공허해 보였다. 그의 공허함이 슬픔으로 다가오지 않았다. 일상을 언어로 표현함으로써 지금이 중요하다는 것과 인생의 시간은 빨리 지나간다는 것을 깨달은 듯했기 때문이다. 다행이었다.

"꽝 남부 투어 가자."

다음날 아침, 남편이 핸드폰을 리조트에 놓고 나왔다. 그가 지금은 물질이 아닌 추억에 투자하는 것이 맞는 것 같다며, 작은 눈 한쪽을 감았다가 뜨며 미소 지었다. 그의 밋밋한 윙크가 반가웠다. 드디어 진짜 가족 여행이 시작되었다.

대충 찍고 제대로 인증

　대학 시절, 사진 수업이 필수 과목이었다. 부모님의 도움으로 용산전자상가에서 니콘 카메라를 구매했다. 카메라를 고른 후 필름, 렌즈, 삼각대, 가방의 선택이 남아 있었다. 카메라 부속품을 구매하기 위해서도 수많은 선택을 해야 했다. 인생은 선택의 연속이라는 말이 맞았다.

　장비를 구매하기 전에는 대충 찍어 과제를 제출했다. 사진기와 사진 장비를 구입하기 위해 부모님의 지갑을 가볍게 했다는 미안함 때문에 달라졌다. 사진 찍는 것에 진심이 되었다. 사진 찍는 겉모습이 아닌 결과물의 깊이에 집중했다. 다른 사람이 내 사진을 보았을 때 논리와 해석 없이 마음에 닿기를 원했다.

"사진가는 자신이 누른 셔터에 책임져야 해."

셔터에 책임지라는 교수님의 이야기가 머릿속에 맴돌았다. 물질의 무게를 아는 나에게 필요한 문장이었다. 대학생이라는 이름표 뒤에서 나와 아마추어 포토그래퍼가 되기 위한 애씀이 시작되었다. 과제를 위한 사진 찍기에서 벗어났다. 일상을 기록하기 위해 매일 사진기를 들고 다녔다.

사진 수업에서 배운 구도, 앵글, 노출을 기준으로 다양한 시도를 했다. 교수님이 알려주신 기본 원칙을 충실히 했을 때 만족스러운 결과물과 함께 높은 학점을 받을 수 있었다. 부모님의 허리를 휘게 하고 있다는 죄책감에서 잠시 벗어날 수 있었다.

그림보다 사진이 매력적이었다. 내가 보지 못한 찰나의 순간을 네모난 프레임 안에서 볼 수 있었기 때문이다. 궁금했다. 프레임이 왜 네모난 모양만 있는지 말이다. 세모, 동그라미도 가능하지 않을까? 교수님이 카메라는 영화를 찍기 전에 사전 확인을 위해 만든 것이라고 했다. 카메라와 영화의 관계는 유화 작업 전에 사전 확인했던 수채화를 연상하게 했다. 모든 것의 존재 이유가 톱니바퀴처럼 맞물려 있었다.

나에게 사전 작업은 어떤 의미일까? 어떤 날은 머릿속에 그린 프레임에 갇혀 사진을 한 장도 찍지 못했고, 또 어떤 날은 미리 그린

프레임 덕분에 원하는 사진을 찍을 수 있었다. 예측의 불안정함은 지금에 집중하게 했다. 지금 무엇을 빼고 더해야 하는지, 어떤 것을 흐리게 하고 선명하게 해야 하는지. 질문의 답이 할 수 없는 것에 집착하지 않고 할 수 있는 것에 최선을 다하게 했다. 나에게 최선은 지나침이 아닌 진지함, 기다림, 결단력 그리고 실행력을 의미한다.

"이걸로 주세요."

대학 시절에 사용했던 수동 카메라를 뒤로하고 최신 핸드폰을 구매했다. 수동 카메라의 매력이 분명히 존재한다. 하지만 정확한 노출, 거리, 셔터를 맞춰 사진 찍는 것은 아이 셋 엄마에게 버거운 일이었다.

그림의 소재로 사진을 사용했기에 용량이 크고 내가 원하는 분위기를 연출할 수 있는 기종을 선택했다. 세 아이와 함께하는 일상에서 소재를 찾기 위해서는 이전처럼 사진 찍는 것에 신중할 수 없었다.

보고 느낌이 오는 모든 것을 핸드폰 사진첩 속에 담았다. 대충 찍은 일상 사진이 대부분이었다. 사진 수업을 통해 배우고 익힌 기술과 태도 덕분에 대충 찍은 사진이지만 한 컷 정도는 건질 수 있게 했다.

모든 경험이 소중했다. 그나마 괜찮은 사진은 SNS에 바로 올렸고, 보정이 필요한 경우에는 포토샵을 활용했다. 사진 찍는 시간보

프레임에 담아라, 사진은 그대의 것이다, Watercolor on paper, 49×41cm, 2022

다 사진을 고르는 시간이 오래 걸렸다. 천 마디 말보다 사진 자체가 타인의 마음에 닿아 공명을 일으키기를 소원했기 때문이다. 이런 나를 보며 지인이 물었다.

"왜 SNS에 인증하세요?"

내 대답은 간단했다. '나눔'이다. 내가 보고 듣고 느끼고 생각한 것을 SNS에 공유하고 함께 나누고 싶다. 구석기시대 사람들이 동굴 벽에 사냥의 성공과 풍요를 기원하기 위해 손바닥으로 그림을 그린 마음처럼.

자연 한 컷, Acrylic on paper, 10×11cm, 2024

나는 행복한 집사입니다

아름다운 꽃을 키우고 기분 좋은 향기를 뿜는 식물을 입양해 가꾸는 취미가 생겼다. 시간이 지나면서 정성스레 키운 몇몇 식물의 잎이 갈변하거나 얼룩이 생겼다. 그럴 때마다 반려식물을 입양했던 꽃집으로 가져가 상담받은 후 처방을 받았다. 꽃집 사장님이 말한 대로 아픈 반려식물의 컨디션을 살피며 물을 주었고 온도와 습도를 맞추려 했다. 건강을 회복한 반려식물도 있었으나 대부분 꽃집 사장님께 맡겨졌다. 한마디로 죽었다. 나는 마이너스 손이었다.

생활패턴과 공간에 맞는 반려식물을 입양했지만, 지금까지 살아 있는 반려식물은 '금전수'다. 2019년에 입양한 금전수는 건망증이 심한 나에게 맞는 식물이었다. 햇빛이 거의 필요하지 않았고, 어느 정도의 방치도 받아주었다. 선천적으로 건강한 금전수는 지금까지 해충에 감염된 경험이 없고 구릿빛의 꽃을 피우기도 했다.

봄에는 분갈이해주었고, 봄과 여름에 한 번씩 액상 비료와 물을 섞어 주었다. 금전수 외의 식물을 입양하기 위해서는 용기와 책임감 그리고 환경적인 조건이 필요했다. 햇빛이 들어오는 공간, 그늘 지는 곳, 외풍이 들어오는 장소, 전자제품과의 거리, 반려식물에 햇빛과 물을 줄 수 있는 규칙적인 생활 습관 등.

2022년 생일날, 남편과 아이들이 다육식물을 입양했다. 산세베리아, 멕시칸 파이어크래커, 스타피필름, 스투키. 내 생일인데 식물을 입양한 이유가 궁금했다. 식물을 좋아하는 엄마에게 식물 친구를 만들어 주고 싶다는 아이들. 그런 아이들의 마음이 예뻐서 함께 입양했다는 남편. 고맙다는 말과 함께 옅은 한숨이 나왔다. 반려식물에 대한 책임감이 내 어깨를 축 늘어뜨렸다. 아이들이 입양한 반려식물은 자신이 직접 보살피기로 했으니 걱정하지 말라는 남편의 말에는 신뢰감이 없었다.

반려식물과의 동거가 시작되었다. 반려식물이 편안함을 느끼길 바라며 이전 환경과 최대한 비슷한 조건을 만들기 위해 노력했다. 2주 이상 잎의 상태를 세심하게 체크했다. 잎이 시들거나 늘어지는 것 같으면 장소를 옮기기보다 지금의 장소에 적응할 수 있도록 흙을 촉촉하게 하는 작업을 먼저 했다. 그 후에는 가만히 놔두었다.

여름에는 아침 일찍 또는 저녁에 물을 주었고, 겨울에는 햇빛이 좋은 오전에 물을 주었다. 에어컨을 트는 여름에는 환기가 중요했다. 에어컨을 끄고 나면 습하다는 느낌을 받는데, 반려식물 또한 습하지 않을까? 습한 환경이 곰팡이를 만들 수 있으니 에어컨을 끄면 환기를 시켰고 그렇지 못할 때는 선풍기로 습도를 조절했다.

사람이 햇빛을 받으면 몸 안에서 비타민D가 만들어진다. 살아 있는 생명체에게 햇빛은 중요하고도 감사한 것이다. 뼈의 건강과 염증 예방을 위해 집에서 그림을 그리고 글을 쓰던 나의 생활패턴이 바뀌었다. 비타민D 영양제에 의지하지 않고 몸 안에서 만들어질 수 있도록 낮에는 공원을 산책하며 햇볕을 직접 쬐고 있다. 밖으로 나가지 못하는 날은 창문을 열고 햇살이 잘 들어오는 거실에 10분 동안 서 있는다.

나만 햇볕을 쬐는 걸까? 아니다. 내 옆에는 반려식물들이 있다. 우리는 햇볕을 쬐며 성장하고 있다. 내가 생각하는 성장이 식물이 생각하는 성장과 같은지 확인할 수는 없다. 내가 식물이 되어보지 않았으니 말이다.

식물을 이해하려는 태도로 세심하게 보살피는 요즘, 이런 생각이 든다. 반려식물과 가까이할수록 자연 속에 내가 존재한다는 것을. 위대한 자연이 나와 함께하기에 덜 불안하다는 것을. 반려식물은 나를 보며 어떤 생각을 하고 있는지 궁금하다.

자연의 굴절 렌즈, Acrylic and watercolor on paper, 52×71cm, 2023

사랑하면 보인다.

사랑하면 주고 싶다.

주고 잊어버리면 사랑이다.

요즘 누구를 사랑하고 있는가?

Chapter 4

그 안에 물들어보세요

생각에 물들다, Digital drawing, 13×16cm, 2022

어쩔 수 없이 일한다고 하지만

 무엇이 되려는 것보다 무엇을 하고 싶다는 생각이 지금의 나를 만들었다. 그림 그리기와 글쓰기 자체가 좋아서 꾸준히 했다. 성취감과 행복감을 느끼며 결과물을 쌓아갔고, 결과물을 SNS에 공개하기 시작했다. 포트폴리오를 본 회사에서 연락이 왔고, 무직의 아이 셋 아줌마가 프리랜서가 되었다.

 작업 방향이 맞는 회사도 있지만, 그렇지 않은 회사도 있었다. 일은 일이다. 내가 추구하는 것과 다르지만 약속한 날짜 안에 일을 해내야 한다. 회사에 만족스러운 결과물을 안겨주기 위해 노력했다. 다른 의견이 있더라도 '그럴 수도 있지.'의 마음가짐으로 넘겼다.

내 인생의 해답이 나에게만 맞을 수 있으니 말이다.

일을 대하는 태도가 인간관계에도 영향을 미쳤다. 생각의 결이 맞지 않는 사람을 만나면 장점을 찾으려 했다. 부정적인 말만 하는 사람을 만나면 그가 왜 그런 생각을 하게 되었는지 유추했다. 그가 했던 말의 조합이 이해되기도 했고 전혀 이해되지 않기도 했다. 관계가 자연스럽게 멀어지기도 했지만 아픔과 고통을 주고받으며 멀어지기도 했다. 인생의 내공을 올려준 사람은 기쁨보다 고통을 준 사람들이었다. 고난은 인생 레벨업의 기회였다.

얼마 전, 그림과 글을 좋아하는 사람들을 만났다. 그중 광고회사에 다니는 A가 지난날의 자신을 언급하며 이상적인 모습을 향해 질주하는 것을 경계한다고 말했다. 그녀는 30대에는 이상적인 목표를 향해 살았다고 했다. 광고 세계에서 살아남기 위해 치열하게 자신을 밀어붙였다. 성과는 높은 보수와 연결되었지만 허무했다. 목표를 이루고 난 모습이 자신이 원했던 모습이 아니라는 것을 인식하자 번아웃이 왔다. 심리 상담과 미술 치료를 받았고, 상담 종료 후 계속 그림을 그리고 있다. 현실과 이상적인 모습의 연결이 삶의 여유를 사라지게 했다는 그녀의 고백이 마음을 울렸다.

가장의 책임감이 돈 버는 기계로 만들고 있는 것 같다는 B도 만났다. 눈빛이 공허해 보였다. 어쩔 수 없이 일하고 있다는 그는 무기력으로 힘들어했다. 넓은 인맥을 갖고 있지만 마음을 나눌 사람이 없었다. 치열한 경쟁 사회에서 벗어나 시골로 내려가 살고 싶다고 했다. 계획에 따라 움직이는 완벽주의자인 그가 지금이 된 이유는 무엇일까? 그는 다양한 만남, 사건, 사고로 인한 우여곡절을 유연하게 대처하지 못했다. 예측 불가능한 상황에 놓이는 것을 두려워했다. 그의 불안정한 심리 상태가 성격과 기질 때문만은 아닌 것 같았다.

그는 무책임한 아버지에 대한 원망이 컸다. 아버지와 반대인 책임감 있는 가장이 되기 위해 밤낮을 가리지 않고 뛰고 또 뛰었다. 나는 그가 어린 시절의 자신을 밀쳐내지 않고 안아주기를, 아버지의 그늘에서 벗어날 수 있는 용기를 갖기를, 불완전한 인생에서 벌어지는 우발적인 일에 대처할 수 있는 유연하고 긍정적인 사고가 스며들기를 기도했다.

일하며 다양한 사람을 만났고, 우연한 만남이 지금까지 이어졌다. 이전보다 넓은 인맥을 맺게 된 이유가 무엇일까? 생각의 결이 맞지 않는 사람에게는 '그럴 수도 있지.'라고 헤아리며 다가갔고, 결이 맞는 사람에게는 마음을 표현할 줄 아는 용기가 생겼기 때문이다.

앞으로도 어쩔 수 없이 일해야 하는 상황이 있겠지만 그것이 나쁜 것만은 아니라는 것을 이제는 안다. 고난이 선물이고 인내가 세상을 보는 시야를 넓혀준다는 것을 아는 사람이 되었으니까.

밥벌이를 위한 최소한의 예의

일은 무엇이고, 왜 일하는가? 계속해서 나에게 질문을 던졌다. 질문에 대한 해답이 있어야만 내가 잘 자랄 수 있다. 여기서 자란다는 것은 몸의 성장이 아닌 인생 내공의 성장을 말한다. 뿌리가 상한 나무라면 뿌리를 치료해야 줄기와 가지가 건강하게 성장하고 풍성한 열매를 맺을 수 있다. 뿌리가 상했는데 줄기와 가지만 치료한다면 원하는 결과를 결코 얻을 수 없다. 오히려 해결할 수 없는 문제가 더 많아질 뿐이다. 문제를 탓하는 것이 아니라 어떻게 이 문제를 견디고 이겨낼 수 있는지 생각해야 한다. 문제 자체에 고립되었다는 것은 인생 내공을 키울 기회라는 것을 모르기 때문이지 않을까. 내공이 강해질수록 크고 작은 인생의 파도를 가볍게 탈 수 있다.

20대에는 먹고살기 위해 일했다. 일의 목적이 돈이었다. 일을 통해 성장했지만 허무했다. 사랑을 강조했던 가정에서 자랐지만 사람이 사랑스러워 보이지 않았다. 무능력한 상사, 혀를 뱀과 같이 휘두르는 동기, 아첨의 여왕인 후배까지.

"사랑받아야 어른이 되고, 사랑할 줄 알아야 진짜 어른이 된단다."

어릴 때 아버지는 이 말을 자주 하셨고, 이 말을 들을 때마다 나는 로봇처럼 고개만 끄덕였다. 당시에는 그것이 아버지의 잔소리라고 여겼다. 20대의 나는 사랑할 줄 모르는 어른이었다. 일에 몰두하면서 상대의 약점을 발견하는 능력에는 두각을 나타냈다. 경쟁에서 이기기 위해 애썼으며, 나에게 실수하는 사람이 있으면 돌려까기 화법을 통해 사과를 요구했다.

아버지는 나에게 걱정 가득한 눈빛으로 말씀하셨다.

"일에 중독되면 사랑의 힘이 사라지고 허무함이 찾아온다. 나를 위해 일하지 말고 타인을 위해 일하거라. 돈보다는 사람이 먼저고, 실적보다는 관계가 우선이다."

그런데 그 당시에는 아버지의 이 말이 모호하게 들렸고, 뜬구름 잡는 말씀이라 생각했다.

아버지가 가르쳐주신 '사랑'을 이해하게 된 것은 40대에 이르러서였다. 다시 그림을 그리면서 말이다. 사랑하면 주어진 것에 감사하고 편안한 마음으로 나를 둘러싼 것에 관심을 쏟을 수 있었다. 하늘나라에 계신 아버지를 생각하며 50점이 넘는 그림을 그렸고, 쌓인 그림은 나만의 포트폴리오가 되었다. 포트폴리오는 외주로 연결되었고 일하는 행복을 느끼게 해주었다.

러셀의 행복론, 알랭의 행복론, 힐티의 행복론의 내용 차이는 존재하지만, 공통점이 있다. 가장 큰 공통점은 일하는 행복을 소중하게 여기고 있다는 것이다. 일하지 않는 삶은 불행하고, 행복해지기 위해 일해야 한다고 한다. 15년 경력 단절 후 일할 수 있다는 것이 감사했고, 내가 그린 그림이 타인에게 도움이 되고, 내가 필요한 곳이 있다는 것이 행복했다. 아버지가 말씀하셨던 것처럼 사랑해야만 행복을 느낄 수 있었다. 그 사랑을 더 늦기 전에 깨달아 다행이었다.

이제 나는 일이 주는 행복을 느끼며 생활비를 벌고 있다. 금요일을 손꼽아 기다리지 않고 연봉 인상을 생각하지 않는 프리랜서의 자유가 좋다. 일상에 매몰되지 않고 짧고 굵은 일에 몰입할 수 있기 때문이다. 적극적인 몰입은 짜증이나 분노를 주지 않았다. 내가 하는 이 일이 나에게 어울리는 것임을 알기에 다른 사람과 비교하지 않는다. 각자의 해법으로 삶을 꾸려나가는 것이 자기다운 거니까.

20대에 월요병에 시달렸던 이유를 40대가 되어 깨달았다. 일하기 싫었고, 하고 싶지 않은 일을 시키는 상사가 미웠다. 보고 싶지 않은 동료까지 있는 회사에 가는 일이 월요병에 시달리게 했다. 네가 나보다 낮다고 판단했고 내가 옳다고 믿었기 때문에 다른 사람을 신뢰하지 못했다. 사랑의 마음이 부족했다. 그들의 좋은 점을 보려고 노력하지 않았다. 그래서 그 관계는 항상 어긋났다.

사랑하는 마음으로 다른 사람들과 관계를 맺을 때, 그들이 말하는 것이 이해되었다. 대접받고 싶어 견디지 못하는 사람, 나서서 말하거나 행동하지 않으면 참지 못하는 사람. 공허함 때문이라는 것을 그들은 모르는 듯해서 안타까웠다. 아버지가 나를 보셨을 때 이 마음과 비슷하지 않았을까. 관계보다 돈을 계산하고 자기 입장만 내세우는 외주 업체를 만나면 가여웠다. 그런 마음가짐으로는 사람의 마음을 움직일 수 없으니까.

그림 그릴 때는 그림에 집중하고, 글을 쓸 때는 글에 집중한다. 누군가와 대화를 나눌 때는 그 대화에 집중하다 보면 다른 일들은 자연스럽게 해결되는 경험을 했다. 그 덕분에 오늘도 나는 밥벌이를 위해 최소한의 예의를 지키며 그림을 그린다.

당신도 그려보세요

김밥을 말았다. 아이들의 입에 들어갈 수 있는 한입 크기의 김밥을 만든 후 내 입 크기에 맞는 김밥을 말기 시작했다. 무한 정성을 쏟은 아이들의 김밥과 달리 내 김밥은 옆구리가 터졌다. 얼른 해치워버리려는 마음과 배만 채우면 된다는 생각이 대충 말게 했다. 옆구리 터진 김밥을 먹는 내 모습이 식탁 옆에 놓인 거울에 비쳤다. 후드득 떨어지는 김밥 재료를 입안에 넣는 모습이 우습기도 하면서 짠했다.

아이들이 엄마 김밥만 옆구리 터지게 말라고 한 것도 아닌데 오순도순 이야기하며 김밥을 먹고 있던 아이들에게 조용히 먹으라며 화를 냈다. 엉뚱한 곳에 화를 터뜨린 것이다. 엄마가 화를 냈지만,

아이들은 기죽지 않고 서로에게 장난치며 김밥을 먹었다. 장난의 결과물인 밥풀이 식탁과 주방을 점령했다.

밥을 먹고 양치하던 셋째가 설거지하는 나를 불렀다. 치약의 옆구리가 터졌는데 어떻게 하냐며 욕실에서부터 주방까지 터진 치약을 들고 왔다. 아이가 걸어온 걸음마다 치약이 뚝뚝 떨어져 있었다. 나의 미간이 움직이고 눈이 커졌다. 터질 듯한 분노를 억제하기 위해 치약을 싱크대에 놓고 고무장갑을 벗은 후 자리에 앉아 심호흡했다. 엄마의 감정 해소법을 알고 있어서인지, 자신에게 불똥이 튈 것 같아서인지, 나에게 무관심한지 모르겠지만, 셋째는 쿨하게 뒤돌아서서 내가 알려준 욕실에 있는 선반에서 새로운 치약을 꺼냈다.

감정을 찍어 누르면 엉뚱한 사람에게 화를 낸다. 예민해진 감정은 작은 자극에도 거칠게 반응한다. 분노를 표출하는 것도 방법이지만, 산책하며 파란 하늘 보기, 나무와 꽃 관찰하기, 예능 프로그램이나 좋은 영화 보기, 명상하기, 그림 그리기 등을 하며 감정을 흘려보내고 있다. 하루하루가 전쟁인 인생에서 나를 지키는 방법이다. 여러 방법이 본능을 절제해주고 분노를 쌓아두지 않게 해주는데, 그중 그림 그리기는 나에게 최고의 방법이다.

미술은 동양화, 서양화, 조소, 건축, 공예 등 다양한 분야를 포괄한다. 나는 동양화보다 서양화에 속하는 수채화, 유화, 아크릴화,

그날의 감정, Acrylic on paper, 8×10cm, 2024

펜화, 연필화, 파스텔화 등을 좋아한다. 수채화로 꽃을 그리는 것이 익숙해지면 인물을 그렸고 인물이 익숙해지면 풍경을 그렸다. 수채화에 적응한 후 아크릴화와 유화를 그렸다. 인물화, 풍경화, 정물화, 동물화 등과 같은 구상화. 변형과 왜곡의 비 구상화. 점, 선, 면, 색채로 이루어진 추상화 등 그림의 표현 방식도 다양하다. 그림의 다양성은 배움의 욕구를 충족시켜주었다. 긍정 호르몬인 옥시토신 수치가 높아졌다. 행복했다. 행운을 상징하는 네잎클로버보다 행복을 상징하는 세잎클로버가 나에게 더 소중하다. 매일 느끼는 소소한 행복의 감정이 성숙을 넘어 완숙의 단계에 이르게 해줄 것이라 믿는다.

처음으로 금박 작업을 했다. 다음 목표는 그림에 금박을 입히는 것이었다. 내뱉는 숨에도 날아가는 450밀리그램의 금박을 원하는 위치에 붙이기 위해 잠시 숨을 참고 금박용 집게로 금박을 집었다. 금박을 들어 올려붙이려는 순간 금박이 찢어졌다. 괜찮다. 다른 금박이 또 있으니.

수채화의 결과물이 마음에 닿지 않을 때도 있다. 그것도 괜찮다. 아크릴 흰색 물감으로 그림을 덮으면 되니까. 아크릴로도 해결되지 않으면 젯소를 칠한 후 유화로 그린다. 그래도 만족스럽지 못하면 다른 캔버스에 그림을 그린다. 나는 중간 과정이 마음에 들지 않으면 종종 그림을 찢는다.

과감하게 찢을 수 있는 이유는 하나다. '다시 그리면 된다.'라는 마음가짐 때문이다. 걱정할수록 걱정만 쌓였다. 실수를 용감하게 대처할수록 걱정이 줄어들었다. 느긋하고 유연한 사람인 척했는데 진짜 느긋하고 유연한 사람이 되어가고 있다. 느긋하고 유연한 마음으로 살수록 걱정에 사로잡히지 않고 다시 그릴 수 있었다. 진지하지 않을수록 다가오는 기회를 붙잡을 수 있었다. 가벼운 농담이 나와 상대를 이어주었다. 내가 의지할 사람이 늘어났다.

그림을 그리면서 깨달은 것이 세 아이에게 스며들기는 바라며 나는 '내 일'을 한다. 다시 붓을 들어볼까?

다시 시작, Watercolor on paper, 14×21cm, 2023

단순함의 비밀

집 근처에는 다양한 커피숍이 많지만, 내가 가장 좋아하는 곳
은 유명 프렌차이즈 커피숍이다. 8년 넘는 세월 동안 한 자리를 지
키고 있는 곳과 얼마 전 오픈한 곳 모두 넓고 쾌적하다. 개인 작업
이 가능한 일인용 책상과 의자 그리고 콘센트가 마련된 자리는 인
기 만점이다. 나처럼 개인 작업을 하거나 공부하는 사람이 생각보
다 많이 찾아오기 때문이다. 가끔 딱풀로 붙여 놓은 듯 두 몸이 한
몸이 되어버린 연인이 경쟁 공간에 앉아 자신들의 미래를 속삭이
지만, 얼마 가지 않아 자리를 옮긴다. 조금 더 구석진 자리로.

연인들이 피해준 자리에 앉아 오늘의 하루를 시작해 본다. 본격

적으로 글쓰기 작업에 들어가기 전에, 나는 작은 의식을 갖는다. 레몬 제스티를 품고 있는 조개 모양의 달콤한 마들렌을 한 입 베어 문 후 입안이 상큼해지는 자몽티 한 모금을 마신다.

한 입의 빵과 한 모금의 티를 마신 후, 노트북을 켜고 한글 파일을 연다. 열 손가락을 차례로 접었다 펴는 행동을 두 번 반복하면서 눈을 감고 고개를 젖힌다. 몸에 글쓰기가 시작된다는 신호를 보내는 것이다. 몸이 글쓰기가 시작되었다고 알아차려야 첫 문장 작성 시간이 짧아진다. 첫 문장이 수월하게 써져야 한 편의 원고 작성 시간 또한 짧아진다.

이렇게까지 글을 쓰는 이유가 무엇일까?

처음에는 나답게 살기 위해서였다. 하루를 돌아보며 내가 무엇을 했는지, 그 행동을 왜 했는지, 왜 그런 감정을 느꼈는지 등을 생각하며 일기를 썼다. 나에게 묻고 답하는 과정이 쌓일수록 나를 알게 되었다. 나에 대한 앎은 어제보다 성장했다는 뿌듯함을 주었고 내일에 대한 기대를 품게 했다. 글쓰기 책에서 이야기하고 있는 것이 진짜였다. 내가 체험하지 못했을 때는 '그렇구나.' 정도의 반응이었다면 지금은 '맞아, 맞아!'로 바뀌었다.

글쓰기가 또 다른 선순환이 되어 돌아왔다. 나에 대한 이해가 깊어지자 타인에 대한 이해도 그에 맞춰 깊어졌다. 인간관계에서 오는 스트레스가 줄었다. 상대의 못난 모습이 내 모습 같았다. 나와 함께하는 타인은 나의 거울이었다. 타인에 대한 이해가 깊어지자 사람에 관한 관심과 애정이 깊어졌다. 타인을 자세히 들여다보게 되었다. 상대에게 어떤 색 립스틱이 더 잘 어울리는지, 무엇 때문에 힘든지, 필요로 하는 것이 무엇인지 헤아려졌다. 다른 사람의 마음과 환경이 어느 정도 읽혔기 때문에 책에서 배운 '그렇구나. 마음이 아프구나.'와 같은 형식적인 말이 아닌, 말없이 안아줄 수 있는 사람이 되었다.

공감 능력의 향상은 창작활동의 발전을 가져왔다. 그림을 그리기 전에 하는 아이디어를 스케치하는 시간이 줄어들었고, 그림 작업의 과정이 자연스럽게 흘러갔다. 내가 표현하려는 것을 어떻게 하면 타인에게 잘 전달할 수 있을지 생각하는 사람이 되었기 때문이다. 사람들이 종종 나에게 그림을 그리고 글을 쓰는 일을 동시에 진행하는 것이 힘들지 않으냐고 묻는다. 나는 세 아이를 키우는 것보다 쉽다고 말하곤 한다. 사실이다.

나답게 살 수 있게 해주는 것, 공감 능력을 향상해주는 것, 창작활동의 발전을 가져다주는 것. 그것이 글쓰기였다. 글쓰기는 복잡한 삶을 단순하게 정리해주었다.

나 좀 키워줘

나는 아이 셋의 엄마다. 아이들을 보며 '성장'이란 무엇인지 돌아보았다. 갓난아이 때, 아이의 울음소리에 예민하게 반응하며 필요를 채워주었다. 배가 고픈지, 기저귀가 젖었는지, 놀고 싶은지. 아이가 단어나 문장으로 의사를 표현할 수 있게 되자 자기주장이 강해졌다. 나는 산타할아버지처럼 아이의 요구 사항과 소원을 들어주었다. 중학생이 되자 아이의 감정과 생각은 잠자는 시간 빼고 널뛰기하기 바빴다. 고등학생 아이의 뇌는 언제 진정될까? 어떤 어른으로 성장할까? 아이의 미래를 생각하고 있는 나에게 말했다.

"너나 바꿔."

아이가 어떤 어른으로 성장하기 전에 내가 어떤 엄마로 성장하는 것이 더 중요하다고 생각한다. 자식은 부모의 뒷모습을 보고 자라니 말이다.

아이들의 성장을 위해 필요를 채워주고 응원해주는 엄마가 있듯 내가 성장하기 위해서는 누군가의 사랑과 지원이 필요했다. 내 인생은 두 개의 큰 카테고리로 나뉜다. 결혼 전에는 부모님의 도움으로 미대를 졸업할 수 있었고, 결혼 후에는 남편의 도움으로 그림을 그리고 글을 쓸 수 있었다. 작은 카테고리로 나눠보면 수없이 많은 사람의 도움이 있었다.

초등학생 때는 담임선생님의 칭찬과 인정이 있었다. 미술학원에 다니지 않았지만 교내 미술대회에서 종종 상을 탔다. 미술 시간이 즐거웠다. 고등학생 때 미술 동아리 활동을 했다. 어느 날 미술 시간이 끝나서 반으로 돌아가려던 나를 미술 선생님이 불렀다. 모든 아이가 나간 텅 빈 미술실에 선생님과 나만 남았다. 선생님이 나를 보며 말씀하셨다.

"수진아, 이거 정말 네가 그린 거야?"

그때 당시에는 선생님의 오해를 받았다는 것 자체가 기분 나빴다. 한참의 세월이 지나서야 다른 면을 읽을 수 있었다. 미술에 재능이 있다는 것을. 학교 수업을 마치면 입시 미술학원에 가는 버스를 탔다. 버스 기사님의 도움이 없었다면 학원에 갈 수 없었고, 학원 옆에 있던 분식집 사장님이 없었다면 즐거운 마음으로 학원에 갈 수 없었으며, 입시를 함께 준비하던 친구들이 없었다면 버티기 힘들었다. 견디기 힘들어 도망가고 싶을 때 버틸 수 있었던 것은 나를 둘러싼 사람과 환경 덕분이었다.

크고 작은 깨달음이 감사할 줄 아는 사람이 되게 했다. 감사하는 마음은 하루에 느낄 수 있는 행복의 빈도수를 높여주었다. 삶을 풍요롭게 살기 위해서는 무한한 성장보다 아름다운 성품이 중요하다. 이것을 깨닫기 전에는 어제보다 성장한 사람이 되는 것이 목표였다. 2022년 12월 이후부터 삶의 목표가 달라졌다. 성숙한 성품의 사람으로.

내가 아닌 타인의 입장이 되어 생각하고 행동할 때 기쁨이 배가 되었다. 주변에서 적당히 해도 된다고 했지만 조금 더 움직이고 일할 때 내가 행복했다. 쇼펜하우어의 말처럼 삶은 고통일 수 있지만 삶이 고통이기에 기쁨과 행복이 더욱 소중했다.

"고마워."

"사랑해."

"행복해."

"괜찮아."

"미안해."

목표가 달라졌기 때문에 상대에게 이런 말을 건넬 수 있었다. 말의 힘은 생각하지 못했던 기회를 잡을 수 있게 했다. 할 수 없을 것 같았던 일도 해낼 수 있는 능력을 주었다. 성숙한 인격의 사람이 되려고 노력하자 성장의 기회가 따라왔다. 경력보다 인격이 중요하다는 것을 더 늦기 전에 깨달아 다행이다.

사랑해, Watercolor on paper, 91×117cm, 2022

나의 BGM 인정? 인정!

친구를 만나러 가는 길이었다. 오랜만에 꽃단장했다. 평소 즐겨 입던 운동복을 뒤로하고 무게감 있는 원단의 베이지색 원피스와 허리까지 오는 회색 재킷을 선택했다. 베이지색에 앞 코만 검정인 플랫슈즈를 신고 연한 분홍색 가방을 들고 현관문을 열었다.

택시를 탔다. 택시를 타면 듣고 있는 라디오 덕분에 기사님들의 취향을 어느 정도 알게 된다. 지금의 옷차림에는 슈베르트, 슈만, 쇼팽의 음악을 들어야 할 것 같지만 나의 음악 취향은 잡식성이다. 잔잔한 호수 같은 사람이 되기 위해 노력하지만, 한두 방울의 노란색과 보라색을 떨어트려 이질적인 색깔의 호수를 만들고 있다. 인상파 화가 조르주 쇠라의 점묘법처럼 말이다. 이질적인 색의 조화가 작품이 되고 이질적인 것의 조화가 나만의 세상을 만들고 있다.

나는 힙합 서바이벌 프로그램 애청자다. 생각과 행동의 전환이 필요할 때 랩을 즐겨 듣는다. 택시 기사님이 국내 힙합을 듣고 있었다. 그것도 무한 반복으로. 아마도 유료 음악 플랫폼을 이용하고 있는 것 같았다.

택시를 타면 창밖의 풍경을 구경하는 편인데 호기심이 기사님을 관찰하게 했다. 흰색 머리카락을 자랑하는 여자 기사님이었다. 상쾌한 가을바람이 불어오는 11월이지만 기사님은 여름에 살고 있었다. 시원하게 걷어 올린 팔뚝에는 왕년에 노셨던 것은 아닌지 짐작하게 하는 문신이 있었다. 무서워서 자세히 보지 못했지만, 화려한 꽃과 글씨가 새겨져 있었다.

힙합 서바이벌 프로그램을 즐겨 보는 애청자로서 힙합이 좋다고 이야기하자 기사님은 "취향이 같은 사람을 만나 기쁘네요."라고 말하고 다시 묵묵히 운전했다. 승객의 반응에 짧게 답한 후 자기 일을 하는 그녀가 멋있었다.

쿨하게 행동하는 그녀가 궁금했다. 호기심이 발동한 나는 기사님에게 여러 질문을 하고 싶었다. 그녀의 몸에 새겨진 문신이 내 시선에 들어왔다. 문신이 더 이상 질문하지 말라고 이야기하는 듯했다. 입을 닫고 창밖 구경만 했다.

학생의 책임을 다해야 했지만, 노는 것이 좋았던 학창 시절에 힙합을 좋아했다. 특히 래퍼의 솔직함과 스토리를 사랑했고 지금도 사랑한다. 과거와 현재를 오묘하게 연결해 주기 때문이다. 최선을 다해 공부하지 않으면서도 갖은 폼을 잡던 학생, 혼자만 인생의 고난을 짊어지고 간다고 생각하며 갖은 멋을 부렸던 학생. 그게 나였다.

주어진 시간 동안 최선을 다하지 않고 먹고 자고 노느라 바빴으면서 성적표를 집어 들 때면 세상이 나를 비웃는다고 생각했다. 인스턴트 음식이 좋아서 먹고 또 먹어서 살이 쪘는데 거울 앞에서 기가 죽었다. 단 한 번의 실수로 부모님께서 나를 혼내신다고 생각했는데 여러 번의 실수를 참고 참으시다가 폭발하신 것이었다. 세상이 말하는 좋은 대학교에 입학할 수 없어서 미대로 눈을 돌렸다는 혼자만의 착각이 패배 의식을 심어주었다. 이 세상에 단 하나뿐인 존재로서 하늘 위의 새들보다 높이 날라고 말했지만, 몸과 마음의 체중이 불어날 대로 불어나서 날 수 없었다.

공부가 많은 것을 가르쳐줄 수 있다. 그러나 모든 것을 가르쳐 주는 것은 고난이라는 것을 아는 나이가 되었다. 인생 풍파를 정통으로 맞으며 깨달은 것은 나만의 삶의 나침반으로 살아가도 된다는 것이었다. 내가 어떤 음악을 듣건 누구와 있건 어떤 환경에 놓였건 반응은 내 몫이다. 세상 탓도 다른 사람 탓도 아닌 내 탓이다. 반응에 관한 결정을 내리는 사람은 '나'다. 입을 닫고 창밖 구경만 했던 그날의 반응은 나에게 옳았던 거겠지.

힙합을 듣고 있는 오늘따라 택시 기사님이 생각난다.

한 겹의 슬픔이 사라진다, Watercolor on paper, 117×91cm, 2022

내년에도 도장깨기

아버지의 바람대로 그림을 다시 그렸다. 초등학생 수준이었지만 그림 그리는 행위 자체가 즐거웠다. 매번 초등학생 수준이라면 그림 그리는 것을 온전히 즐길 수 있을까. 나는 아니었다. 어제보다 나은 그림을 그리고 싶었다. 그림 그리는 방법이 담긴 책을 구매해서 연습했고 부족한 부분을 가르쳐줄 수 있는 화실을 찾아갔다.

부족한 실력이 채워진 후 나만의 그림체를 연구하기 시작했다. 한 가지 재료가 아닌 소재에 어울리는 재료를 찾기 위해 책을 읽고 자료를 수집했다. 화이트 헤어가 반기는 나이가 되었지만 조급함이 없었다. 다양한 재료를 연구하는 것이 즐겁고 내일이 기대되었다. 자고 일어나면 연구했던 것을 적용할 수 있으니 말이다.

완벽함을 추구하진 않는다. 완벽한 그림이란 존재하지 않으며, 완벽함을 위해 고민하는 것은 필요 없다는 것을 알았다. 나는 단지 적당한 고통과 열정 속에서 지금에 몰입하고 싶을 뿐이다. 유한한 삶을 부정적인 사고로 낭비하고 싶지 않다. 무능력을 탓하며 산다면 매일 밤 먹을 치킨과 맥주로 살을 찌우고 쇼핑 중독으로 집을 채울 나였다. 실력을 키울 수 있는 실현 가능한 목표를 세워야 했다.

그림 그리는 화가로서의 '개인전'과 글 쓰는 작가로서의 '출간'

지금의 능력으로 가능한 목표인지 고려했다. 부족한 점이 한둘이 아니었다. 부족한 점을 채우기 전에 중요한 것이 있었다. 마음 지키기. 마음을 지키지 않으면 그림 그리는 즐거움이 학대로 변질될 것을 알고 있었다. 나는 하나의 것을 사랑하면 그것에 몰두하는 경향이 있다. 좋아하는 노래가 있다면 백 번 이상 듣고, 맛있는 음식을 발견하면 한 달 내내 그것만 먹는다. 그림 그리기와 글쓰기를 적당히 하는 것은 인생의 비타민과 같지만, 그것만 하는 것은 독약과 같다. 몸이 망가지고 마음이 힘들어도 계속하는 것이 나에게는 당연한 일이니까.

마음을 지키기 위해 하루에 해야 할 일의 양을 설정했다. 일을 마치면 더 이상 하지 않도록 운동화를 신고 밖으로 나가 산책하곤 했다. 나는 아이 세 명의 어머니이기 때문에 정해진 시간 동안 얼마나 많은 일을 할 수 있는지 파악해야 했다.

어느 7월, Oil on canvas, 22.7×15.8cm, 2023

온전히 나에게 집중할 수 있는 시간은 오전 10시부터 오후 2시까지, 오후 6시부터 오후 8시까지였다. 주어진 상황에서 내가 할 수 있는 양이 어느 정도인지 체크했다. 아이가 감기에 걸려 병원에 가거나 아파서 학교에 가지 못하는 경우가 있다. 엄마뿐 아니라 딸, 며느리, 친구의 역할도 있기에 돌발 상황이 발생한다. 이런 날에는 내가 할 수 있는 최소의 양을 파악했다. 사건, 사고가 없는 날에는 최대의 양을 파악했다. 시간과 능력에 대한 데이터를 합산한 후 매일 할 수 있는 범위를 설정했다. 처음에는 할 수 있는 범위가 좁았다. 장기적인 목표를 향해 조금씩 매일 그림을 그렸고 글을 썼다. 이것이 익숙해지자 같은 시간에 할 수 있는 일의 범위가 넓어졌다.

기쁨 뒤에 슬픔이 오고 성공 뒤에 실패가 온다는 것을 아는 사람이 되었다. 작은 목표를 성취했다고 기뻐하기 전에 몸과 마음 건강을 살폈다. 건강을 잃으면 아무 소용이 없는 일이다. 건강상태가 나쁨으로 향할 때 지루성피부염이 찾아온다. 얼굴이 가려우면 손에서 붓과 펜을 내려놓고 무조건 쉰다. 체감으로 느끼는 가려움증의 정도와 얼굴 상태에 따라 쉬는 기간이 정해진다. 그림을 다시 그리기 전에는 지루성피부염을 증오했지만 지금은 사랑한다. 타고난 피부를 증오하는 것은 나를 증오하는 것과 같다. 네가 아닌 나의 피부니까.

몸과 마음을 살피면서 작은 목표를 실천한 결과 개인전과 출간을 할 수 있었다. 목표 달성은 이보다 큰 목표 설정을 할 수 있는 용기를 주었고 기존 습관에 다른 습관을 추가하게 했다. 이는 나의 성장이지만, 이런 성장이 누군가에게 힘과 위로가 될 수 있다는 것을 깨달았다. 관람자들과 독자들로부터 감사 메시지를 종종 받고 있으니 말이다. 도장 깨기 식의 장기적인 목표가 나만 바라보던 사람을 나와 너를 바라보는 사람으로 만들어 주었다. 그래서 나만의 도장 깨기가 참 좋다.

잡다한 생각은 싫어

단순한 것이 좋다. 아침에 일어나면 가벼운 스트레칭을 하고 미지근한 물을 한 잔 마신 후 명상한다. 가족이 일어나기 전에 현관문을 열고 밖으로 나와 걷기를 하거나 달리기를 한다. 맑은 정신과 건강한 삶을 위해 7시간의 수면 시간을 지키고 있다.

밤늦게까지 작업하는 경우에는 좀 다르다. 남편이 출근하고 아이들이 등교한 후 걷기, 달리기, 자전거 타기 중 그날의 감정에 따라 하나를 선택해 30분 동안 몸을 움직인다. 아침은 간단하게 샐러드나 과일을 먹고 아침 일기를 작성한다. 쉬는 시간이 되면 고민하는 문제와 관련된 책이나 논문 또는 기사를 읽는다. 그러다가 아이디어가 떠오르면 노트에 바로 기록한다. 자기 전에 가볍게 독서를 하고 하루를 돌아보는 일기를 쓴 후 다음 날 일정을 작성하고 잠자리에 든다.

나만의 패턴을 만들었다고 일상이 단순해졌을까. 아니었다. 인간관계 문제는 생활에서 많은 문제를 차지하며, 그로 인해 생각이 복잡해진다. 인간관계에 관한 철학을 가지고 있어야 했다. 그것은 복잡한 생각에서 벗어나 단순한 삶을 살 수 있게 한다.

허약한 관계는 주의 집중력과 기억력을 떨어뜨리고 두통이나 소화불량을 가져왔다. 건강한 관계는 즐거움과 안정감 그리고 소속감을 주었고 사랑받고 싶은 욕구를 충족해주었다. 나 자신을 지키는 힘은 나에게 있어야 한다. 내 인생이니까.

관계에서 가장 중요한 사람은 '나'다. 나와 좋은 관계를 맺기 위해서는 나에 대한 정보가 충분히 있어야 한다. 정보가 수집되었다고 끝나는 것이 아니다. 갑작스러운 경험이 준 감정 정보를 통해 새로운 점을 발견할 수 있다. 그런 날은 노트나 머릿속에 플러스 버튼을 눌러 추가했다. 나에 대해 알아가는 것이 다른 사람에 대해 알아가는 것보다 재미있었다. 관계를 통해 영향을 주고받기 때문에 불평하는 사람보다 감사하는 사람과 함께 지내려 노력했다. 나의 삶에는 개성 강한 세 아이와의 관계가 중요한 부분을 차지하기에 부정적인 감정으로 에너지를 낭비하고 싶지 않았다. 내가 느끼는 부정적인 감정이 아이들에게 전달되는 것을 방지하려고 노력했다.

엉킨 생각, Acrylic on paper, 15×19cm, 2024

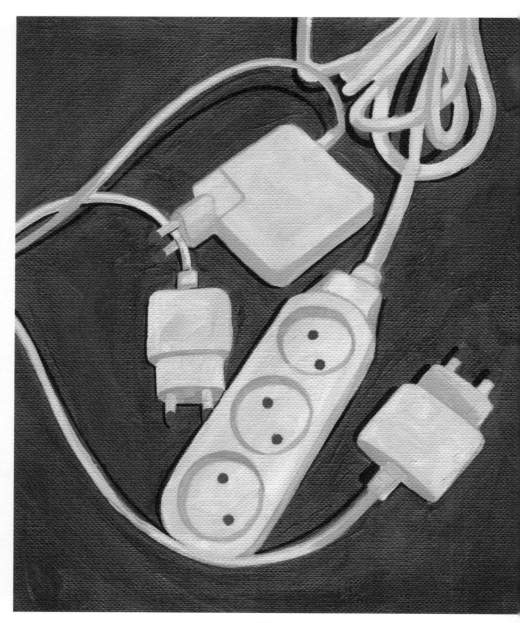

물들면

일상의 단순화는 명확한 목표에 몰입할 수 있게 했다. 목표를 세우기 전에 중요한 것이 있다. 객관적인 사실을 바탕으로 능력의 정도를 알고 있어야 했다. 가진 실력보다 조금 높은 수준의 목표를 설정했다. 그 단계를 넘고 싶다는 절실함을 갖기 위해 마감 기간을 설정했다. 목표 달성이라는 결과만이 아닌 과정이 소중한 사람이다. 목표를 달성하지 못한다고 하더라도 과정에서 얻는 것이 있다. 과정을 통한 깨달음은 평소와 다른 시점으로 바라보고 생각하며 행동할 수 있는 시작점이 되었다. 다시 찍은 시작점은 나만의 틀에서 벗어날 수 있는 계기를 마련해주었다. 과정의 축적은 예상 밖의 성과를 얻고 새로운 일을 시작할 수 있는 동력이 되었다. 어제보다 나은 오늘의 내가 되고 있다.

인생을 마라톤과 비유하곤 한다. 마라톤에서 좋은 성적을 거두려면 어떻게 해야 할까. 자신만의 페이스를 유지하며 남아 있는 체력을 살피며 몇 킬로미터 지점을 달리고 있는지 알아야 한다. 잡다한 생각이 싫은 나는 패턴이 된 일상에서 심신의 에너지를 살피며 내 능력이 어느 정도인지 파악한 후 명확한 목표를 향해 달리고 있다.

마라톤 풀코스 완주를 자주 경험할수록 자신의 페이스 조절 능력이 향상된다. 사소한 문제를 해결하는 능력이 높아지며, 사고가 확장되어 달리기뿐 아니라 인생에 대한 통찰력이 생긴다. 이는 달리기가 삶의 질을 향상시키는 긍정적인 요소임을 보여준다. 누군가는 달리기에 진심이듯 나는 그림 그리기에 진심이다. 진심이란 지극히 주관적이기는 하지만, 나의 능력을 발휘할 수 있는 자양분이라는 것은 틀림없다.

하얀 밤의 인사, Acrylic on paper, 8×10cm, 2024

현재야 반가워

2020년 1월 1일, 나의 삶이 새롭게 바뀌기 시작한 그날을 잊지 못한다. 그림을 다시 그리기 시작했다. 목표와 계획 없이 그림을 그렸다. 일반적으로 어떤 변화가 일어나기 전에 사전징후가 나타난다. 사전징후는 어떤 일이 꼭 일어날 것 같은 느낌을 준다. 공포영화에서 긴장감이 맴도는 음악이 다음 장면에 일어날 사건을 예고하듯이. 나에게는 이런 사전징후가 없었지만, 동기는 분명했다.

암과 싸우시던 아버지가 나에게 말씀하셨다. 그림을 다시 그리라고. 2015년, 아버지는 내 곁을 떠나 하늘나라로 가셨다. 죽음이나 고난은 살아 움직이는 모든 사람에게 찾아온다. 고난이 다가오고 있다는 것을 볼 수도 있고 느닷없이 찾아오기도 한다. 전쟁이 일어나고, 생명체는 죽는다. 음식물은 썩고 남의 것을 빼앗는 세상. 우리는 이런 곳에서 살아가고 있다. 불완전한 세상에서 인생의 필수 요소인 고난을 어떻게 이겨내야 할까?

아버지가 다시 살아날 것이라는 비현실적인 기대나 모든 고통이 결국엔 행복으로 끝날 것이라는 막연한 기대는 없다. 모든 고난의 끝이 행복하게 끝날 것이라는 막연한 긍정도 없다. 나는 고난을 대하는 태도에 따라 고난을 겪게 된다고 생각한다. 다른 사람이 주는 위로와 사랑이 힘을 줄 수 있지만, 가장 중요한 것은 내 생각과 감정을 다스리는 것이다. 생각과 감정싸움에서 벗어나고 싶었다. 우울증, 아버지의 죽음, 남편과의 갈등이 감정을 쇠진시켰다. 고난 자체가 내 생각을 잠식했을 때, 그것이 더 커지고 복잡해졌다. 내가 무력한 존재라는 것을 증명할 뿐이었다.

내 잘못 때문에 어려움이 온 것이 아니다. 나에게만 시련이 주어진 것이 아니다. 내가 받아야 할 사랑을 다른 사람이 누리고 있는 것이 아니다. 다른 사람이 주는 위로, 내가 느끼는 슬픔과 괴로움은 영원하지 않다. 내가 해야 할 것은 다시 그림을 그리는 것이다.

내가 나를 위로하기 위해 개인적인 경험을 그림과 글로 정리하고 싶었다. 2021년 《볼 빨간 삐딱이》를 독립 출간했다. 출간 후 나에게 필요한 격려가 누군가에게도 필요했다는 것을 깨달았다. 내가 아닌 주위를 살펴볼 수 있었다.

살림이 힘들다는 상대에게 먹을 것을 나누어주었지만, 돈이 필요했을 수 있다. 전화로 위로의 말을 건넸지만, 만나서 함께 시간을 보내며 외로움을 달래길 원했을 수도 있다. 타인의 상황과 마음을 이전보다 깊이 들여다보게 되었다. 나에 대한 믿음 점수가 올라갈수록 내일을 꿈꾸게 되었다. 다음 책 출간과 개인전에 대한 소망이 생겼다. 소망은 힘차게 나아갈 힘을 주었고, 노력을 기울이게 했으며, 내 안에 있는 잠재력을 발견할 수 있게 해주었다.

2022년 《깊은 밤을 건너온 너에게》 출간

2022년 개인전

2023년 개인전

2024년 《물들면》 출간

2024년 뱅크아트페어, 조형아트서울

목표를 이루기 위해서는 한 달, 일주일, 하루가 아닌 오늘 아침을 잘 살아야 한다는 것을 아는 40대다. 아침을 잘 살아낸 경험의 축적이 선순환의 결과를 가져왔다. 원하던 일이 이루어졌다. 눈에 보이는 결과는 힘든 순간에도 소망과 용기를 잃지 않을 힘을 주었다.

아이들이 자신에게 닥친 중간고사로 힘들어할 때, 친구 문제로 고민할 때 종종 이런 말을 했다.

"도대체 왜?"

나에게 이런 질문을 할 때면, 현재 주어진 일에 집중해서 차근차

근 해결해보자고 말한다. 엄마가 곁에 있으니 혼자 감당하려고 하지 말라고. 너만의 소망을 따라가 보라고. 이런 말을 들려주고 행동으로 보여줄 수 있는 어른이 되어 다행이다. 고난의 수강료가 비싸기는 했지만.

깊은 밤을 건너온 아버지, Watercolor on paper, 91×117cm, 2022

화이트 헤어 지키기

내가 원해서가 아닌, 시간이 나를 늙어가게 하고 있다. 나이가
들어도 인간의 존엄성을 유지하고 싶다. 이를 지키기 위해 창작 작
업을 하고, 창작물이 필요한 사람을 도와주며, 작업과 관련된 새로
운 것을 배우고 있다. 내 인생의 행운은 그림을 다시 그리게 되었다
는 것이다.

신체 리듬을 유지하며 살아가고 있지만, 면역력 저하, 근육량 감
소, 시력 감퇴와 같은 필연적인 노화를 막을 수는 없다. 안티에이징
화장품을 사용하고 싶어도 지루성피부염 때문에 20대부터 지금까
지 어린이 전용 화장품을 사용하고 있다. 늘어나는 흰 머리카락의
숫자가 반갑지 않아 뿌리 염색을 하고 있다. 비타민B, 오메가3, 유

산균을 먹고 있지만, 영양제보다 자연식품 섭취가 좋고 영양제, 화장품보다 건강 습관을 지키는 것이 좋다. 요즘은 수명을 건강 수명과 질병 수명으로 나눈다고 한다. 건강 수명을 늘리기 위해 설탕 대신 유자청을 사용해서 음식을 만들고, 빵 대신 현미 떡을 먹고, 찌개나 국의 경우 건더기만 먹는다. 남은 인생을 병원과 약에 의존하기보다 건강 습관을 통해 내 몸의 주인 노릇을 하며 살고 싶다.

매일 하는 운동 중 가장 좋아하는 것은 걷기다. 밖에서 접하는 자연이 몸과 마음을 치유해주었다. 햇볕을 쬐면 생성되는 세로토닌과 비타민D가 우울감을 낮춰주었다. 멜라토닌의 결핍으로 수면장애를 겪었던 적이 있었다. 멜라토닌은 세로토닌이 생성한다. 낮에 산책하면서 활성화된 세로토닌 덕분에 규칙적인 수면 습관을 형성할 수 있었다. 햇빛의 장점을 책이 아닌 몸으로 체험했기 때문에 친구를 만나도 건물 안이 아닌 밖에서 만나는 것이 좋다. 앉아있는 것보다 밖으로 나가서 걷는 것에 더 매력을 느낀다.

심리 상담을 받으며 깨달은 것이 있다. 상담사가 길을 알려줄 수는 있어도 결국, 생각하고 움직이는 사람은 '나'라는 사실이다. 나는 다른 사람을 바꿀 수 없지만 '나'는 바꿀 수 있다. 스트레스가 다가오면 그것이 내 삶에 도움이 되는 쪽으로 바꾸려 노력하고 있다. 좋지 않은 일이 닥치면 '감당할 수 있어서 주어진 일이야. 괜찮아. 할 수 있어.'라고 나를 다독인다. 인지 전환 덕분에 친구를 만나 달콤한 아이스크림을 먹으며 산책할 수 있는 여유가 생겼다. 산책 후 집으로 돌아와 해결책을 찾으려 했다. 비록 만족스럽지 못한 결과일지라도 살며시 넘어갈 수 있었다.

365일 이런 태도로 살아가지는 못한다. 그러나 긍정적으로 생각하려는 노력은 절망적인 상황에 놓였을 때 힘을 발휘했다. 정신과 전문의이자 뇌 영상 자료를 연구하는 대니얼 G 아이멘이 말한 "생각이 바뀌면 뇌도 바뀐다."라는 것은 나를 향한 말이었다.

나는 늙어가고 있지만, 그림을 그릴 수 있는 팔다리, 눈, 귀가 있다. 하루 세끼를 소화할 수 있는 내장기관들이 있고, 그림 친구가 있다. 장단점이 있는 사람이지만, 모난 부분을 매끄럽게 다듬어가며 살 수 있는 지금이 있다.

70대가 되어도 건강한 관절을 자랑하며 하와이의 최고급 호텔에서 여유를 즐기고 싶다. 자식의 대학 간판과 성공보다 내가 건강한 것이 최고라는 것을 아는 사람이기 때문이다.

얼마 전 친구가 나에게 자녀교육 때문에 힘들다고 말했다. 나는 이렇게 말했다.

"넌 이제야 힘들어? 내 속은 이미 다 타서 재만 남았어."

이야기가 끝나자마자 친구와 나는 큰 소리로 웃었다. 친구의 어려움을 먼저 경험한 내가 있고, 나의 역경을 먼저 극복한 인생 선배가 있는 지금이 감사할 따름이다.

이 어른 때문에 기쁘다.

저 어른 때문에 슬프다.

당신은 어떤 어른인가?

Chapter 5

일상의 꽃이 필 때마다

일상이 피어나다, Digital drawing, 13.5×19cm, 2022

음표는 모르지만 음악은 듣습니다

내 인생 최고의 음악은 '대~한민국! 짝짝~짝 짝짝!'이다. 2002년, 우리나라에서 월드컵이 열렸다. 히딩크 감독과 대한민국 축구 국가대표팀의 땀과 눈물이 3승 2무 2패로 4위의 자리를 차지하게 했다. 음표는 모르지만, 사람들이 외치는 구호에 맞춰 큰 소리로 외쳤다. 응원가를 부를 때 발산되는 에너지는 모르는 사람과 손뼉을 치고 부둥켜안을 수 있는 사이로 착각하게 했다. 결속감은 경기를 응원하는 사람들의 스트레스와 두려움을 줄여주었고 일상에 쉼표를 허락했다. 2002년의 6월에 부른 응원가는 대한민국의 결속력을 다져주는 상징과 같았다.

글쓰기를 할 때면 클래식 음악을 듣는다. 내가 가장 먼저 경험했던 엄마의 심장 박동 소리를 기억할 수 없지만, 바흐의 '평균율 클라비어곡집 1권 중 프렐류드 1번'과 비슷한 것 같다. 일정하고 규칙적인 음악 소리가 나의 몸과 마음을 편안하게 해주기 때문이다. 어린 시절 불안할 때 엄마 품에 안겨 편안함을 느꼈듯 어른이 되어서는 이 음악의 품에 안긴다.

나의 음악 취향은 상황에 따라 변한다. 산책할 때는 댄스 음악을 듣고, 운전할 때는 랩을 들으며, 명상할 때는 조용하고 차분한 음악을 듣는다.

기분전환, 스트레스 완화, 집중력 향상을 위해 선택하는 공간이 있다. 첫 번째로 층간소음과 타인의 방해에서 자유로운 자동차 안이다. 한적한 곳으로 가서 거친 랩이 돋보이는 곡을 틀어놓고 큰 소리로 따라 부른다. 2002년 월드컵 때 큰 소리로 응원가를 부른 그날처럼. 뭐라고 할 사람도 없으니 용감하게 소리 내어 목이 쉬기 전까지 부른다. 해결된 것은 없지만, 실컷 노래를 부르고 나면 즐거웠다. 긍정적인 감정이 사건을 이해하는 폭을 넓혀주고 집중력도 높여주었다. 일상 속의 감정 관리를 위한 시간 투자가 꼭 필요하다.

두 번째로 샤워 부스 안이다. 층간소음 때문에 차 안에서 부르는 것보다 작은 목소리로 부르려 노력한다. 종종 감정에 몰입해 노래에 심취할 때면 목소리가 커진다. '똑똑' 남편이 조용히 하라고 노크한다. 음악을 좋아하는 아내를 이해해주는 남편이 고맙다.

나만의 공간인 샤워 부스 안에서 부르는 노래의 효과는 자동차 안에서 부르는 효과와 다른 점이 있다. 새로운 아이디어가 떠오른 다는 것이다. 아이디어는 콧노래를 부를 수 있는 여유와 사랑의 호르몬이라 불리는 옥시토신을 준다. 기분이 좋아 흥얼거리는 내 모습을 보며 남편이 피식 웃는다. 그가 좋아하니 다행이다.

'위대한 베토벤도 영감이 떠오르지 않으면 얼음 양동이를 자기 머리 위에 쏟았잖아.'

자동차 안과 샤워 부스 안에서 노래를 불러도 영감을 얻을 수 없을 때 읊는 나만의 '위로 주문'이다. 주문을 쏟아낸 후 산책하고 돌아와 베토벤의 〈월광 소나타〉를 듣는다. 클래식 음악은 바흐와 베토벤의 작품을 즐겨 듣는 편이다. 많은 작품을 남긴 바흐는 결혼식, 장례식, 미사 등을 위한 작품을 썼다. 수없이 밀려오는 작품 의뢰를 감당하기 위해 자기 작품들 중 일부를 참고하거나 타인의 작품을 빌리기도 했다고 한다. 창작품이냐 표절이냐 하는 문제를 따지기보다 나는 그의 음악 자체가 좋다. 그중 피아노의 구약성서로 불리는 바흐의 평균율과 피아노의 신약성서라고 말하는 베토벤의 피아노 소나타를 좋아한다.

산책하던 중 〈엘리제를 위하여〉가 들렸다. 음악 소리가 들리는 곳으로 고개를 돌려보니 유치원 차량이 후진하고 있었다. 초등학교 시절, 체르니 30번까지 치면 피아노학원을 끊을 수 있다는 엄마만의 기준이 있었다. 피아노 연주는 의무적인 공부였다. 그때는 연주할 수 있었던 곡이지만, 지금은 오른손과 왼손이 따로 놀고 있다. 언젠가 피아노를 다시 배우고 싶다.

카페에서는 익숙한 가요가 들린다. 들려오는 음악의 음표는 모르지만, 음악을 사랑한다. 사람들의 목소리, 발소리, 지저귀는 새소리, 바람소리를 비롯해 나를 둘러싼 모든 소리가 음악이다. 음악이 내 삶을 풍요롭게 해준다.

달콤한 휴식, Gouache on paper, 21×26cm, 2023

나 책 읽는 여자야

　나는 잡식성 독서가다. 하나의 주제를 선정한 후 도서관으로 간다. 그와 관련된 책을 검색한다. 검색 결과를 통해 거른 여러 권의 책을 책장에서 선택한다. 선택한 책들의 목차 중 비슷한 부분을 눈으로 체크한다. 여러 권 중 선택한 부분만 읽는다.

　작가마다 해석하는 방식이 다르고 생각과 정보도 조금씩 다르다. 비슷한 부분은 넘어가고 다른 부분 중 인상 깊은 내용은 노트에 필사한다. 주말에 필사 노트를 읽을 때마다 놀란다. 분명 읽었던 내용인데 필사한 내용이 기억나지 않는다는 것, 다시 읽어도 새롭다는 것, 이런 글을 쓸 수 있는 작가에게 지적 매력을 또다시 느낀다는 것. 나는 같은 감정과 생각을 매번 새롭게 느끼는 사람이다. 내

기억력은 깜빡이는 신호등과 같다.

책만 읽는 것이 자기 고문이자 교만 같았다. 책을 읽는 데 사용된 시간과 노력, 기억하지도 못하면서 읽었다는 자만심. 머릿속에 새겨지지도 않았고 삶이 변하지도 않았다. 나의 이런 태도가 못마땅했다. 책을 읽은 후 깨달은 것 중 한 가지는 반드시 실천하기로 다짐했다.

생활하면서 깨달은 것 하나를 실천하고 있다. 아이들이 잠든 밤이 되면 적용한 후 깨달은 점과 느낀 점을 기록하고 있다. 애씀의 증거인 노트 기록이 책과 더 가까워지게 했다. 축적된 기록은 책이 인생의 나침반 역할을 해주고 있음을 매일 눈으로 확인하게 했다. 조금씩 변화되는 나를 보는 즐거움 덕분에 책을 읽은 후 느끼는 감정이 가벼워졌다.

책을 읽으며 지혜, 지식, 감동을 얻었다. 독서 기록을 바탕으로 아이디어 스케치를 한 후 그림을 그렸다. 나에게 읽고 쓰고 그리는 것은 한 몸이다. 책을 읽으면 글을 쓰고 싶고 글을 쓰면 그림을 그리고 싶다. 내 가방에는 노트, 연필, 지우개, 책이 담겨있다. 유한한 시간이 정처 없이 흘러가고 있다고 느끼면 가방에서 책을 꺼내 읽거나 노트에 그림을 그린다. 멋 부리느라 가방의 크기가 작다면 전자책을 읽거나 스마트폰의 그림 그리는 프로그램을 이용해 그림을 그린다.

글의 선물, Acrylic on paper, 14×14cm, 2024

물들면

모든 책을 완독하지는 않는다. 필요한 지식이나 지혜는 얻었는데 다음 내용이 궁금하지 않다면 책을 덮는다. 어딘가에서 읽었던 내용이 가득한 장은 읽지 않고 넘어간다. 내일의 해가 나를 반기는 것이 당연하지 않고 글자를 읽을 수 있는 시력에도 한계가 있음을 아는 나이다. 남은 인생에 대한 책임감이 책을 덮을 수 있는 용기를 준다.

다양한 분야의 책을 읽지 못했다. 시야가 좁은 독서가였다. 철학, 심리, 사회 등의 책은 반겼지만, 경제경영 분야의 서적은 반기지 않았다. 경제경영은 나와 다른 세계라고 생각했다. 피부에 닿을 정도로 밀접했지만, 용어가 복잡했고 삶에 적용하기가 쉽지 않았다.

독서 모임을 통해 생각이 깨졌다. 다수결로 선택된 책 한 권을 읽고 2주 뒤에 만나 함께 토론하고 생각을 나누는 모임이었다. 둥근 책상에 둘러앉아 책과 관련된 대화를 시작했다. 각자의 생각을 존중하는 분위기, 자신과 다른 생각을 수용하는 마음가짐, 평소 타인에게 하지 못했던 깊은 고민을 나눌 수 있는 신뢰, 조언의 의미를 알기에 조언 대신 질문으로 답하는 진지함, 내 생각의 뿌리가 깊지 않았다는 것에 대한 깨달음과 반성, 뒤죽박죽 엉킨 말의 핵심을 잡아주는 리더. 일상생활 속의 독서 모임은 오아시스와 같았다.

얼마 전 리더가 공자의 말을 읽어주었다.

'나는 열다섯에 학문에 뜻을 두었고, 서른에 주관을 바로 세웠으며, 마흔에는 미혹되지 않았다. 쉰 살에는 하늘의 뜻을 알게 되었고, 예순에는 말을 듣는 법을 터득했고, 일흔에는 마음 가는 대로 해도 법도에 어긋나지 않았다.'

독서 모임을 유지하는 리더의 생각이 읽히는 글이었다. 단단한 학문적 지식과 지혜를 쌓고 자신만의 주관으로 인생의 파도를 타야 한다는 것, 높고 낮은 파도를 타며 쌓인 경험을 바탕으로 자신의 주관을 다듬어야 한다는 것, 단계별 축적의 시간이 있어야만 나이에 맞게 살 수 있다는 것. 공자 시대의 마흔과 요즘 시대의 마흔의 기준은 다를 수 있다. 그러나 나에게 묻는다. 공자가 말한 '마흔'의 시기에 맞는 삶을 살고 있는지를. 마음이 찔린다.

도서관에서 경제경영 관련 서적을 빌려야겠다.

책 읽는 여자야, Acrylic on paper, 12×12cm, 2024

오늘 밤도 야금야금

'밤에는 야식이지!'

배달 앱을 열었다. 프라이드치킨, 양념치킨, 간장치킨 아니면 반반치킨, 야채곱창과 막창구이, 족발과 보쌈 등 먹을거리가 가득이다. 사진과 리뷰를 둘러보기만 했는데 10분이 지나갔다. 선택지가 많으니 무엇을 골라야 할지 모르겠다. 선택권을 남편에게 넘겼다. 남편도 메뉴 고민만 5분 동안 했다. 15분이 지나서야 메뉴를 선택할 수 있었다. 우리의 선택은 야채곱창이었다.

영화 한 편을 골랐다. 음식이 도착하기 전 가볍게 감자 칩을 먹으며 남편과 나란히 앉아 영화를 보았다. 영화에 빠져들어서인지 감자 칩을 너무 많이 먹어서인지 우리는 야식을 주문한 사실을 잊고 있었다. 40분이 지났다. 주문한 음식이 생각났다. 배달 앱을 켜고 위치를 확인했다. 그런데 이게 웬일인가! 배달하시는 분이 우리 집이 아닌 다른 곳으로 가고 있었다. 그는 도보로 배달 중이었다. 음식점에 전화해서 어떻게 된 일인지 물었다. 돌아온 대답은 배달하시는 분께 음식을 건네준 이후의 상황은 모른다는 것이었다.

배달하시는 분이 계속 다른 곳으로 가고 있었다. 주문한 지 50분이 지났다. 남편이 배달 앱 업체에 연락해서 상황을 설명했다. 배달하시는 분의 연락처를 찾아냈고, 드디어 그분과 통화했다. 목소리에서 연세가 느껴졌다. 한파주의보가 내려진 날씨였기에 남편은 배달하시는 할아버지를 걱정했다. 남편이 할아버지가 계신 곳으로 갔다. 10분 후 남편이 야채곱창을 들고 왔다.

남편의 표정이 어두웠다. 할아버지는 배달비를 벌기 위해 이 일을 시작하셨다. 스마트폰의 지도 앱을 보는 것이 서툴렀다. 남편에게 죄송하다고 말씀하시며 고개를 숙이셨다. 할아버지께 음식을 건네받았다. 장갑도 끼지 않은 할아버지의 손이 얼음처럼 차가웠다. 남편의 말을 듣고 나니 내 마음도 무거워졌다. 다음부터는 할아버지께서 지도 앱을 능숙하게 보시길. 추운 겨울에는 장갑을 끼고 배달하시길. 겨울을 잘 보내실 수 있는 물질적 여유가 생기시길. 소원했다.

달군 프라이팬에 야채곱창을 살짝 데웠다. 일시 정지 버튼이 눌러져 있던 영화를 다시 보기 위해 재생 버튼을 눌렀다. 남편은 왼손 위에 상추를 올려놓은 후 오른손으로 젓가락을 집었다. 매콤하고 말랑말랑한 곱창과 채소를 듬뿍 담아 상추 위에 올려놓았다. 양념장을 살짝 올려 입을 크게 벌리고 한입에 쏙 집어넣었다.

남편의 머릿속에는 이미 배달 전 상황이 지워졌나 보다. 그러나 나는 달랐다. 눈으로는 영화를 보고 있고 입으로는 야채곱창을 오물오물 씹고 있었지만, 생각이 꼬리에 꼬리를 물었다.

인생이 항상 순탄하게 흘러가는 사람은 없다. 부러워 보이는 이웃도 자신만의 고민과 어려움을 겪고 있을 것이다. 돈과 자식 걱정 없이 살고 있는 옆집 여자의 삶도 평탄하지 않다. 속사정을 모르는 사람들은 그녀를 부러워한다. 그녀가 나에게만 살짝 이야기했다. 이전부터 지금까지 크고 작은 어려움을 겪고 있고 그것을 극복하기 위해 애쓰며 살고 있다고 말이다. 삶의 내면을 들여다보면 누구에게나 자신만의 고난이 있다.

'괴로움을 피하지 말라. 괴로움은 인생의 본질 중의 하나다. 인생에 괴로움이 없다면 만족감을 어떻게 알 수 있겠는가. 깊은 골짜기가 있을 때 산은 높은 법이다.'

도스토예프스키가 말했다. 그가 말한 고난의 유익함을 돌아보았다. 고난을 극복하며 사는 것이 인간의 숙제이고 하루하루 자신만의 해답을 쌓아가는 것이 인생이 아닐까. 지금 내가 찾은 해답은 감정이 지나치지 않도록 절제해야 한다는 것이다.

'생각아, 멈춰!'

지나치지 않고 조화로운 상태를 유지하기 위해 영화 속 주인공에게 집중해본다. 한편으로는 매콤하고 짠맛의 야채곱창으로 미각의 즐거움을 느껴본다. 먹고 난 포만감이 이루 말할 수 없구나. 포만감이 나에게 묻는다.

'내일은 뭐 먹을 거야?'

맛있는 밤, Acrylic on paper, 10×11cm, 2024

역주행은 끝나지 않았다

하루 일과가 끝나고 세 아이가 잠들면 나만의 힐링 타임이 이 것으로 시작된다. 이것은 스마트폰, PC, TV에서 몇 번의 클릭으로 시청할 수 있다. 하나의 아이디로 최대 4명까지 공유할 수 있다. 콘 텐츠를 구매하는 것이 아니라 구독하는 방식이다. 바로 넷플릭스 다.

언제나 평안한 마음을 가졌으면 좋겠지만 현실은 아니다. 모든 것이 내 뜻대로 되지 않는다. "아름다움이란 모든 과잉을 제거한 것"이라고 말한 미켈란젤로가 생각나는 밤이었다. 마음과 마음이 부딪쳐 힘든 날에는 생각을 걸러 단순화하기 위해 애니메이션을 선택한다. 동물 캐릭터가 주인공인 애니메이션은 가벼운 듯 가볍지 않은 내용을 담고 있다. 영화가 주는 메시지는 복잡함을 단순하게 정리해주고 영감을 준다. 그것보다 더 중요한 것은 진짜로 웃음을 준다.

〈토이 스토리〉, 〈마다가스카〉, 〈보스 베이비〉, 〈마이펫의 이중생활〉, 〈슈렉〉, 〈미니언즈〉, 〈라바〉 등 여러 편의 애니메이션을 보았지만, 내가 뽑은 최고의 애니메이션은 〈쿵푸팬더〉다. 새로운 시리즈가 개봉되자마자 영화관으로 달려가서 보았다. 〈쿵푸팬더 1, 2, 3, 4〉의 내용을 알고 있고 인상 깊은 대사가 머릿속에 있지만, 자주 검색해서 보고 있다. 몸과 마음이 지친 날에는 〈쿵푸팬더〉 1편에서 3편까지 연달아 본다.

2008년 여름, 〈쿵푸팬더〉를 미국인 친구와 보았다. 그녀는 원어민이기에 자막이 필요 없지만 나는 자막 없이는 내용을 이해하기 힘들었다. 우그웨이 대사부가 타이렁이 온다는 환시를 보았다. 용의 전사를 뽑기 위한 시합이 열렸다. 시푸 사부의 제자들이 아닌 국숫집에서 아버지의 일손을 돕고 국수 배달을 하던 팬더 '포'가 용의 전사로 뽑혔다. 우여곡절 끝에 '포'가 타이렁을 물리쳤다. 우그웨이 대사부가 과거의 행동에 실망하고 미래를 걱정하는 포에게 이런 말을 했다.

"어제는 역사이고 내일은 알 수 없지만 오늘은 선물이야. 그래서 현재라고 한단다."

　2008년, 그리고 2024년. 여전히 '지금'에 진심인 나에게 변함없이 와 닿는 문장이다. 그녀와 영화를 보던 당시 나는 누가 봐도 임산부였다. 10월이 출산 예정일이었는데 마른 몸에 배만 나왔다. 무더운 날씨였지만 임신한 배를 보호하기 위해 배를 덮어주는 임산부용 옷을 입었다. 그녀는 영화를 보는 동안 내 걱정하기에 바빴다. 갑자기 적이 나오면 내가 놀랄까 봐 나를 보았고 싸우는 장면에서는 눈을 가리려 했다.

　사람을 통해 사람과 세상을 배웠다. 그녀는 나에게 맹자의 '인야자인야 합이언지도야'를 떠오르게 했다.

　'사랑은 사람이다. 둘을 합하면 그것이 바로 도(道)다.'

　타인에게 사랑을 베푸는 것이 자신의 즐거움을 버린 것처럼 보일 수 있지만, 나눌수록 더 많은 이익을 가져온다는 것을 그녀가 나에게 보여주었다.

　영화가 끝난 후, 우리는 출구 쪽으로 걸어갔다. 그녀가 나에게 말했다. 본인은 애니메이션을 좋아하지 않는데 〈쿵푸팬더〉는 재미있었다고. 새로운 취향을 발견하게 해줘서 고맙다고. 몇 년 후 그녀는 〈쿵푸팬더 2〉는 재미있었지만 〈쿵푸팬더 3〉는 기대 이하였다고 했다. 부디 〈쿵푸팬더 4〉는 재미있게 볼 수 있기를 소원한다.

　남편과는 넷플릭스 시리즈를 즐겨본다. 한번 선택하면 새벽 늦게까지 보게 되는 마력의 시리즈 중 손에 꼽히는 것은 〈오징어 게임〉, 〈수리남〉, 〈더 글로리〉였다. 다섯 손가락 중 두 개의 손가락을 채우기 위해 시리즈 정복에 나섰다. 기다리던 신작이 나왔다. 이번에는 두 편만 보고 잠자리에 들 수 있기를 바라며 재생 버튼을 누르려던 순간이었다. 남편이 〈슬기로운 의사생활〉이 보고 싶다고 말했다. 요즘 감성 수치가 올라가고 있는 남편이다. 고개를 끄덕인 후 안경을 썼다.

쥐포와 함께 우리의 드라마 역주행은 다시 시작되었다.

망각의 꽃, Watercolor on paper, 33×41cm, 2022

와인이 필요한 시간

잘 흔든 샴페인의 펑 소리로 친구들과의 신년 모임이 시작되었다. 병 속의 이산화탄소가 세상 밖으로 나올 때 터져 나오는 소리에는 서로의 앞날이 시원하게 뚫리길 바라는 우리의 소망이 담겨 있다. 식전주를 마신 후 주요리인 등심과 함께 레드와인을 마셨다.

와인은 색깔에 따라 레드, 화이트, 로제 등으로 구분된다. 포도 껍질에 함유된 안토시아닌의 함량이 와인 색상에 영향을 준다. 안토시아닌이 많은 것은 레드와인, 안토시아닌이 적은 것이 화이트와인이다. 와인을 만들기 위해 먼저 잘 익은 포도를 수확한다. 큰 통에 수확한 포도를 넣는다. 며칠이 지나면 포도 안의 당분이 발효

해서 알코올이 만들어진다. 이것을 걸러서 통에 넣은 후 숙성시킨다. 숙성된 액체를 병에 담는다. 우리는 병 속의 액체를 와인이라 부른다.

화이트와인과 레드와인에는 발효 횟수의 차이가 존재한다. 화이트와인은 수확한 포도를 으깬 후 압착하고 압착된 포도즙을 큰 오크통에 넣고 발효시킨다. 그러나 레드와인은 수확한 포도를 으깬 다음 큰 오크통에 넣는다. 며칠 발효시킨 후 다시 포도즙을 압착하고 2차 발효를 시킨다.

결혼기념일이었다. 남편이 예약한 레스토랑에 갔다. 주요리가 나오기 전, 종업원이 와인을 들고 나에게 왔다. 와인을 먼저 맛보도록 종업원이 잔에 와인을 따랐다. 나는 와인이 상했는지 아닌지 확인한 후 미소를 지으며 고개를 끄덕였다. 레스토랑에는 와인 냉장고가 있었고 주기적으로 체크하고 있다. 그러나 만약의 상황에 의해 변질될 수 있어 고객에게 확인해달라는 의미로 테이스팅을 권한다. 남편과 오붓한 시간을 보내고 우리의 보금자리로 돌아왔다.

다음날, 막내가 가장 좋아하는 통삼겹살 오븐구이를 준비했다. 통삼겹살의 양쪽 면에 칼집을 낸 후 오븐 통에 삼겹살을 넣었다. 살짝 익은 삼겹살을 오븐에서 꺼낸 후, 겉에 양념을 붓고 숙성시키기 위해 냉장고에 넣었다. 다음날 아침, 삼겹살을 한 번 뒤집어 다시 숙성시켰다. 남편의 퇴근 시간이 가까이 오고 있다. 냉장고에 있던 숙성된 통삼겹살을 꺼낸 후 180도로 맞춘 오븐에 30분 동안 굽고 뒤집어 다시 30분을 구웠다. 1시간 뒤 겉은 바삭한데 안은 촉촉한 통삼겹살 오븐구이가 완성되었다. 식탁에 다섯 식구가 둘러앉았다.

삼겹살에는 로제 와인이다. 식사 시작 전에 시원한 로제 와인을 한 잔 마셨다. 와인을 너무 많이 마시면 간경화 혹은 소화기관의 질환을 일으킬 수 있다. 우리에게는 한 잔이 적당하다.

연분홍빛 로제 와인은 프랑스 남부의 프로방스 지방에서 활동했던 예술가를 떠오르게 한다. 강한 붓놀림과 강렬한 색을 사용한 고흐의 색채가 탄생한 곳인 프랑스 남부의 프로방스 지방은 바다와 산으로 둘러싸여 있고 한겨울에도 따뜻하고 일조량이 많다.

고흐는 이 지역에서 〈아를의 반 고흐의 방〉, 〈밤의 카페〉, 〈론강의 별이 빛나는 밤〉, 〈노란 집〉, 〈해바라기〉, 〈집배원 조제프 룰랭의 초상〉 등의 작품을 탄생시켰다. 마티스와 샤갈 또한 아틀리에를 이 지역에 두고 그림을 그렸다. 후기 인상주의의 대가 폴 세잔과 프랑스의 문호 에밀 졸라의 우정과 우정에 금이 가게 된 과정이 담긴 영화 〈나의 위대한 친구, 세잔〉의 배경이 된 지역도 바로 이곳이다.

겨울이 되면 뱅쇼를 만들어 마신다. 유럽 사람들이 체온을 유지하기 위해 마셨던 뱅쇼의 '쇼'는 '따뜻하다'라는 프랑스어 형용사다.

와인으로의 초대, Gouache on paper, 17×11tkcm, 2024

레드와인 두 병과 비타민C가 풍부한 레몬, 귤, 사과, 배 등과 생강과 계피를 준비한다. 껍질째 사용하기 위해 베이킹 소다를 뿌린 후 문질러서 세척한다. 식초 물에 5분 동안 담갔다가 다시 세척한다. 씨 있는 과일은 씨를 제거한 후 적당한 크기로 자른다. 냄비에 과일, 생강, 계피를 담은 후 와인을 붓고 설탕을 넣는다. 뚜껑을 덮지 않은 상태로 끓인다. 술을 끓이면 알코올 성분이 어느 정도 날아가기 때문에 가볍게 마시기에 좋다.

2022년부터 와인과 관련된 이야기를 기록하고 있다. 왜 그 와인을 선택했고 어느 곳에서 구매했는지, 가격은 얼마였고 함께 마신 사람은 누구인지, 무슨 음식과 함께 먹었고 와인과 그 음식이 어울렸는지, 어떤 이야기를 나누었고 내 생각과 느낌은 어땠는지. 기억은 흐릿하지만, 기록은 선명하다.

와인이 가르쳐준 것, Watercolor on paper, 10×12cm, 2024

피로와 욕조 사이

보이는 그대로가 아닌 나만의 철학이 담긴 그림을 그리고 싶다. 화폭에 그림을 그리기 전, 10장이 넘는 아이디어 스케치를 한다. 스케치 기록을 본 후 최소한 세 가지 아이디어를 선택한다. 다른 관점의 아이디어들을 스케치북 한 장에 그린다. 이런 습관은 리처드 파인만과 레오나르도 다빈치의 영향을 받았다.

리처드 파인만은 학생들에게 기존의 답이 아니라 자신만의 언어로 사실을 표현하라고 가르쳤다. 누군가 그에게 신발 가죽이 마모되는 이유가 마찰의 반복 때문이라고 말했다. 그러나 그는 신발 가죽이 마모되는 이유는 신발이 도로에 닿을 때 도로의 울퉁불퉁한 면이 신발 가죽을 조금씩 뜯어내기 때문이라고 말했다. 파인만의 이야기는 이미 정의 내려진 사실을 있는 그대로 그리는 것은 쓸모없는 짓이라고 나에게 말해주었다.

레오나르도 다빈치는 최소한 세 가지 이상의 다른 관점의 시각으로 하나의 주제를 바라보았다. 진실하고 완전한 지식은 여러 관점을 하나로 묶는 데서 나온다고 생각한 그는 자전거를 설계했을 때 새로운 형태의 운송 수단을 발명한 발명가, 제품의 생산을 책임질 투자자, 자전거를 탈 사람인 소비자 등 다수의 관점을 하나로 합했다. 다빈치의 이야기는 문제와 본질을 깊이 있게 이해하기 위해서는 다양한 관점의 시각이 필요하다는 것을 알려주었다.

나는 기록하는 것을 좋아한다. 아이디어 노트, 질문 노트, 다이어그램 노트 등 주제별 노트가 있다. 특히 질문 노트에는 유치한 질문들이 가득 적혀있다. 유아적인 호기심으로 출발한 질문이 종종 기발한 아이디어를 주기 때문에 스쳐 지나가는 생각을 놓치지 않으려 노력하고 있다. 다이어그램 노트의 주인공은 그림이다. 다이어그램의 핵심어를 그림으로 표현한다. 이 노트에 쓰는 글은 그림에 관한 생각과 감정을 명명하거나 묘사하는 부수적인 도구다.

새로운 그림 작업이 시작되었다. 노트를 본 후 아이디어 스케치를 여러 개 했지만, 마음에 닿는 아이디어가 없었다. 아이디어를 만드는 것보다 빨리 작업하고 끝내려는 마음이 앞섰기 때문이다. 이런 마음가짐은 시간, 돈, 체력만 빼앗아 갔다. 이런 날은 반신욕이다!

본질을 바라보는 눈, Acrylic on paper, 15×16cm, 2024

물들면

반신욕은 근육의 긴장을 풀어주고 혈관을 확장해 스트레스 해소에 도움이 된다. 피부의 혈액순환을 개선해 만성 염증 질환 치료에도 효과가 있다고 한다. 반신욕에 관한 정보가 내 삶에 모두 녹아들지는 않았다. 그러나 안정감과 번뜩이는 아이디어를 주고 있다. 피로감이 쌓여 생각이 막히기 전에 명치까지 잠기도록 물을 받았다. 매번 유레카를 외친다면 좋겠지만 언제나 그렇듯 현실과 이상의 차이가 존재한다.

반신욕으로도 아이디어가 떠오르지 않을 때면 세 아이를 부른다. 주제 없이 원하는 것 아무거나 그리게 한다. 아이들이 그린 그림의 형태, 색감, 표현법 등에서 독창적인 것을 찾아낸다. 아이들의 그림에서 소스를 얻은 후 아이디어 스케치를 다시 시작한다. 이런 방법은 위대한 풍경화가 J. M. W. 터너를 통해 배웠다.

그는 자녀가 있는 친구들을 초대했을 때 아이들에게 물감과 종이를 주었다. 그림을 그리도록 하기 위해서였다. 그는 아이들의 즉흥적 표현을 열린 마음으로 관찰하고 이것을 자신만의 것으로 만들어냈다. 아이들이 준 시각적인 인상을 통해 영감을 얻어 자신의 그림에 새로운 시각을 부여한 것이었다.

반신욕으로 안정감을 찾고 세 아이의 그림에서 영감을 받고 나서야 아이디어 스케치를 완성할 수 있었다. 이제 채색 단계로 넘어가볼까.

사이, Acrylic on paper, 15×21cm, 2024

흔들리지 않는 편안함

영양소를 골고루 섭취하지 못한다. 하지만 과식하지 않고 편식하지 않으며 가공식품을 자주 먹지 않는다. 생활 리듬에 맞춰 운동하고, 신체 상태를 보면서 아로마 테라피를 한다.

'아로마'는 향기라는 뜻을 품고 있다. '테라피'는 치유, 요법의 의미를 지닌다. '아로마 테라피'는 건강한 심리 상태를 유지할 수 있도록 도와준다. 이로운 식물의 꽃, 잎, 줄기, 뿌리, 열매 등에서 추출한 휘발성 오일이 이런 효능을 준다고 한다.

나는 라벤더와 페퍼민트 향을 좋아한다. 비염 때문에 숨 쉬는 데어려움이 있고 손발이 차갑고 감기에 자주 걸리는 편이다. 유칼립투스와 페퍼민트를 1 대 1의 비율로 섞은 후 베개 위에 한 방울 떨어트린다. 향기 덕분에 코가 뻥 뚫린다. 페퍼민트를 맡으면 콧속의 냉기 수용체가 활성화되기 때문에 약 15도 정도의 온도를 느낀다고 한다.

가장 좋아하는 향은 라벤더다. 핸드크림, 보디로션 모두 라벤더 향이다. 정신을 맑게 하고 집중도를 높이는 라벤더 향에는 진정 효과가 있다. 손에 잡히는 곳에 라벤더 오일이나 핸드크림이 있고 라벤더와 오렌지를 1 대 1로 섞은 병이 집 안 곳곳에 있다. 아이 셋 엄마인 프리랜서로 살아가다 보면 진정해야 하는 순간이 자주 찾아오기 때문이다.

이 외에도 라벤더는 화상이나 부상과 같은 상처 치유 효과에 뛰어나다. 1881년 프랑스에서 태어난 르네 모리스 화학자가 향료 실험을 하던 중 폭발 사고로 화상을 입었다. 그는 라벤더 오일이 담긴 통에 손을 담근 후 화상의 상처가 빠르게 치유되는 것을 경험했다. 그 후 오일 치료에 관한 연구를 시작했고, '아로마 테라피'라는 용어를 처음 사용했다.

사람에게는 시각, 청각, 후각, 미각, 촉각의 오감이 있다. 오감이 모두 민감한 사람이지만, 특히 후각에 민감하다. 어린 시절, 어머니는 냉장고에서 밑반찬을 꺼내기보다 갓 지은 밥과 방금 만든 따뜻한 음식을 주셨다. 간혹 점심때 먹은 음식을 저녁에 주실 때면 식탁에 놓기 전에 냄새를 맡으셨다. 어머니가 생각하는 합격점에 도달

해야지만 식탁 위에 올려놓으셨다. 어머니는 강한 향을 싫어하셨고, 진한 향을 맡으시면 두통을 호소하셨다.

나는 어머니의 딸이다. 나 또한 향기에 민감하다. 향기에 민감한 것을 아는 지인들이 나에게 종종 어떤 향을 가장 좋아하는지 묻는다. 상황에 따라 달라 한 가지 향을 콕 집어 대답하기 어렵다.

외출 전에는 향수를 뿌린다. 향 때문에 아이들과 남편이 가끔 재채기한다. 우리 집에서 가장 용감한 막내는 인상을 찡그리곤 하지만 다른 식구들은 말을 덧붙이지 않는다. 기분전환과 진정이 필요한 신호라는 것을 알기 때문이다. '향수'의 어원은 라틴어 '페르 푸 룸'인 '연기에 의해'라는 뜻에서 유래했다. 인류의 역사만큼 향수의 역사도 오래되었다. 이전에는 종교적이고 신화적인 의식과 관계된 향이었지만, 지금의 나에게는 없어서는 안 되는 필수품이다.

향수 외에도 섬유유연제, 화장실용 세제, 다용도 세제와 같은 세제를 선택할 때도 어떤 향인지 살핀 후 구매한다. 다양한 제품 중 독일에서 5명 중 1명이 사용한다는 모 브랜드의 세제를 좋아한다. 1959년, 유럽에서 처음으로 향을 첨가했다는 이것은 향뿐만 아니라 세탁 효과도 좋다. 해외여행을 갈 때, 오감 중 후각이 다른 나라에 왔음을 가장 먼저 알게 한다. 나라와 도시만의 냄새가 있다. 그 나라만의 향이 좋을 때도 있고 불편할 때도 있다. 다른 나라 사람들도 마찬가지겠지만 말이다.

1963년 노르웨이에서 태어난 시셀 톨라스는 1990년대에 냄새를 연구하기 시작했다. 화학, 수학, 언어학, 시각예술 등을 공부한 그녀는 냄새들을 수집한 전시를 열었다. 그녀의 작품을 제13회 광주비엔날레에서 처음 접했다. 후각, 청각, 시각의 어우러짐이 돋보이는 그녀의 작품이 나를 제주의 '그날'로 데려갔다. 오감 중 후각을 표현하는 언어의 범위가 좁다. 그녀는 지금까지 명명되지 않은 냄새에 이름을 붙이기 위한 프로젝트인 '나살로'를 진행하고 있다고 한다. 그녀의 프로젝트가 기대되고 기다려진다.

과거와 미래 사이에 있는 현재, 라벤더와 오렌지 향이 가득한 방에서 그림 작업을 하고 있다. 아로마 오일과 유화 냄새가 섞여 머리가 아프다. 환기를 위해 창문을 연다. 라벤더 향의 핸드크림을 듬뿍 짠다. 들숨으로 향기를 깊이 들이마신다. 두통이 점점 사라진다. 내 삶에서 향기는 테라피 역할을 톡톡히 하고 있다.

향을 담다, Acrylic on paper, 9×12cm, 2024

Writing me, lighting me

11월 5일. 올해도 어머니가 흰색 봉투를 건네주셨다. 받지 않으면 화내실 것을 알고 있어 봉투를 받아 가방에 넣었다. 어머니를 꼭 안아드리며 내 마음을 말로 전했다. 말하지 않으면 마음을 알지 못하니까.

"엄마, 사랑해요. 엄마가 저의 엄마여서 행복해요. 저를 이 세상에 태어나게 해주셔서 감사해요."

집으로 돌아와 가방에서 봉투를 꺼냈다. 어머니에게 봉투를 받을 때마다 마음이 저리다. 태어난 내가 아닌, 나를 세상에 태어나게 하려고 애쓴 어머니의 날이라고 생각하기 때문이다. 하얀색 봉투 안에는 현금이 들어있다. 맛있는 것 사 먹고 마음에 드는 옷도 사라고 주신 돈.

남들 눈에는 40대의 세 아이 엄마지만, 어머니에게는 아이다. 봉투 위에는 항상 어머니의 손글씨가 적혀 있다. 이번에는 이런 글이 적혀 있었다.

'사랑해 딸. 건강하게 엄마 곁에 있어줘서 고마워. 엄마 딸로 태어나줘서 고마워.'

매해 세 아이의 생일, 어린이날, 크리스마스, 남편의 생일 때마다 어머니는 손글씨가 적힌 흰색 봉투 안에 현금을 주신다. 변함없는 어머니의 사랑은 삶의 고통을 견딜 수 있게 해준다.

어머니가 주신 봉투를 흰색 상자 안에 보관하고 있다. 상자를 열고 봉투에 적힌 어머니의 글을 천천히 읽어 내려갔다. 내용이 조금씩 다르지만 '사랑한다.'라는 말이 꼭 적혀있었다. 어머니의 사랑을 알고 있는 남편이 나에게 이런 말을 한다. 너는 장모님처럼 세 아이에게 하지 못할 것 같다고. 남편의 의견에 반박할 수 없다. 나는 어머니와 같은 엄마가 될 자신이 없다.

깔끔하고 부지런한 어머니. 웬만한 레스토랑보다 맛있는 어머니의 음식. 사리 분별이 분명하고 마음이 넉넉한 어머니. 헤아릴 수 없이 많은 것을 주셨지만 더 주지 못해서 미안하다는 어머니. 평범한 삶을 살아내기 어려운 딸을 지탱해주는 어머니. 어머니가 나의 어머니여서 감사하다.

글 쓰는 것을 좋아하시던 어머니를 닮아 어린 시절부터 지금까지 일기를 쓰고 있다. 일기는 일상이 아름다울 수 있다는 것을 알려주는 수단이다. 비록 학창 시절의 일기는 데스노트 수준이었지만 일상의 아름다운 조각들이 담겨있었다. 하루를 돌아보며 쓴 일기에는 작고 흔한 것을 세심히 관찰하려 했던 학생과 어른의 생각과 감정이 적혀있다.

산책하며 마주한 풀꽃의 생김새를 관찰하고 향기를 맡으며 손끝을 대본다. 스쳐 지나갔던 것들이 시선을 사로잡는다. 쪼그려 앉아 가만히 바라보다 보면 힘들었던 감정을 내려놓게 된다. 관심을 두어야 했지만 그렇지 못했던 사람이 생각난다. 글감이 생각나거나 그림의 아이디어 스케치 방향이 잡힌다. 관찰하다 받은 영감을 스마트폰 속의 메모에 적거나 음성녹음을 한다. 기록은 무의미하다고 여겼던 일상의 모든 순간을 의미 있게 만들어 준다.

늘 무언가를 기록한다. 불안한 미래를 향해 대담한 결정을 내리고, 그 결정을 이루기 위한 작은 단계들을 기록한다. 모르는 단어의 뜻을 쓰거나 떠오른 아이디어를 대충 쓴다. 다음날 마트에서 구매할 목록을 적거나 인생의 지혜를 주는 문장을 옮겨 적는다. 일기를 쓰는 순간 두루뭉술하게 떠다니던 감정들이 정리되고, 자유를 느낀다. 타인이 아닌 나의 허물이 보이고 알게 모르게 했던 거짓말을 반성한다. 갈팡질팡하는 것이 인생이라 인정하게 된다. 일기는 나의 고난과 가능성이 잘 버무려진 나만의 인생 그림을 그리게 해준다.

감사하는 마음으로 주머니에 있는 돈을 사용하게 하는 것, 괴롭더라도 멈추지 않고 계속해서 그림을 그리게 하는 촉매제, 시작할 때는 막막해도 완성하고 나면 날아갈 듯 기쁜 일, 일상에 지쳐 힘든 나를 빛나게 해주는 별, 나이 들어 몸은 쇠해져도 마음은 점점 강해지게 하는 행동. 이것은 나에게 '일기'다. 내일도 검은색 하드커버의 노트에 파란색 샤프심으로 일기를 쓰면서 끙끙대겠지만, 짧은 일기를 쓴 후 웃으며 만세를 부를 것이다. '역시 엄마 딸이야.'라고 생각하면서.

Epilogue

이 책의 페이지마다 한 인간의 심연에서 울려오는 반항, 노력, 생각, 감정이 담겨 있다. 내가 만든 프레임에서 벗어날 수 있었던 원동력은 아버지의 유언이었다. 프레임 밖에는 부와 명예를 얻은 친구와 지인이 있었다. 프레임을 거부하며 살아온 나지만 눈앞에 펼쳐진 현실 앞에는 한없이 작아졌다. 그럴 때마다 아버지의 말씀이 내 마음을 밝혔다.

"넌 사랑받기 위해 태어났어."

존재에 대한 인정과 무한한 사랑. 내가 받은 사랑이 흘러가길 원하며 글을 쓰고 그림을 그렸다.

불안감, 공허함, 상대적인 박탈감, 그리고 관계의 어려움에 맞서던 한 인간이 2021년에는《볼 빨간 삐딱이》를 독립 출판하고, 2022년에는《깊은 밤을 건너온 너에게》를 출간하고 개인전을 열었으며, 2023년에는 두 번째 개인전을 열었다. 2024년에는《물들면》을 출간하고 뱅크아트페어, 조형아트서울에 참가했다. 사춘기를 겪고 있는 세 아이와 동고동락하며 작은 방 한 칸에서 이루어낸 결과물이다.

눈에 보이는 결과를 만들 수 있었던 것은 여러 사람의 배려, 관심, 응원 덕분이다. 주변 사람의 도움이 없었다면 성과도 얻을 수 없었다. 관계로 힘들었던 사람이 관계 덕분에 인생에 점선까지는 아니더라도 작은 점은 찍을 수 있었다. 15년의 경력 단절 후 아이 셋을 돌보는 엄마의 삶 속에서 '작가', '화가'라는 새로운 타이틀이 생겼으니 말이다.

작은 점을 찍은 나를 돌아보며 당신에게 전하고 싶은 말이 있다. 당신은 충분히 사랑받을 가치가 있는 존재라고. 구제불능인 사람이 아니라고. 인생의 결말은 달라질 수 있다고. 작은 습관의 루틴이 삶에 깊은 뿌리를 박고 당신을 움직일 때, 당신과 당신의 가장 소중한 사람들을 보호하고 보살피는 힘을 얻을 수 있다는 것을 기억하라. 나의 소박한 그림 에세이가 당신의 생각과 마음에 닿기를 소원한다.